"어느 날 운명이 삶에 대해 물었다

"자아 탐구와 삶의 반추를 향한 사유의 여정"

안녕하세요. 독자 여러분.

오랫동안 기획하고 고심하여 드디어 '어느날 운명이 삶에 대해 물었다'를 선보이게 되었습니다. 정말 많은 노력과 시간을 들여 작성한 결과물을 선보이게 되어 매우 뿌듯합니다.

이 책은 인생의 다양한 국면들에 대하여 새로운 사유의 수단을 제공하고자 하는 목적으로 작성되었습니다. 책의 내용을 통해 여러분은 인생을 구성하고 있는 요소들에 대한 깊은 이해와 성찰의 여정을 겪을 것입니다. 각 장은 인생, 정신, 사랑, 성공, 지식, 휴식 그리고 죽음에 대한 내용으로 구성되어 있습니다.

여기서 여러분 앞에 선보이는 것은 단순한 지식의 전달이 아닙니다. 저희의 목적은 더 깊은 자아 탐구와 삶에 대한 성찰을 통해, 여러분 스스로가 삶의 의미를 발견하고, 보다 올바른 길을 찾아나가도록 돕는 것에 있습니다.

책의 페이지를 넘기며, 일상의 소소한 순간부터 삶의 중대한 결정까지 모든 것을 다시 한 번 생각해보는 기회를 갖게 될 것입니다. 각 장의 이야기는 단순한 해답을 제시하기보다는, 여러분 스스로가 깊은 사유를 할 수 있는 발판을 마련해줄 것입니다.

이를 통해 자신의 생각과 감정을 더 깊이 이해하고, 자신만의 답을 찾을 수 있기를 바랍니다. 또한 그 과정에서의 발생하는 고민과 선택이 한 단계 더 높은 사유의 단계에서 행해지길 바랍니다.

이 과정에서 여러분은 자신의 내면과 마주하고 삶의 다양한 경험을 반추할 수 있을 것입니다. 삶의 경험들을 반추해 의미를 도출하는 것은 어렵고 복잡하지만, 이 책이 소중한 동반자가 되어줄 것입니다. 여기 쓰여진 이야기들은 여러분의 삶과 직접적으로 연결되어 있으니까요.

마지막으로, 자신의 삶을 사랑하십시오. 삶의 모든 순간을 소중합니다. 자기애를 바탕으로 자기 자신과 대화하고 삶을 성찰하는 것은 우리가 진정한 삶의 의미와 행복을 찾는 길입니다.

그럼 이제, 편안한 사유의 여정을 즐겨주십시오. 감사합니다.

바르고 유용한 지식을 전달하기 위해 노력하는
팀 구텐베르크의
팀장 김민성

목차

01

인생에 관하여

천문학자와 여행자

01

인생에 관하여
천문학자와 여행자

밤하늘에 펼쳐진 별들이 마치 오래된 이야기꾼처럼 우리에게 속삭입니다. 별빛은 수천, 수만 년의 시간을 거쳐 우리의 눈에 닿아, 무한한 우주와 인간이 겪는 삶의 교차점에서 무언가를 전하려 합니다. 이 이야기는 그러한 별빛 아래에서 펼쳐지는, 두 영혼의 만남에 관한 것입니다.

어느 깊은 밤, 고요하고 신비로운 산의 정상에서 두 사람이 마주합니다. 한 명은 별들의 언어를 해석하려는 천문학자이고, 다른 한 명은 세상의 모퉁이마다 숨겨진 이야기들을 발견하고자 하는 여행자입니다. 그들은 서로 다른 길을 걸어왔지만, 이 밤에는 같은 별빛 아래 모여 인생이라는 신비한 여정에 대해 이야기를 나눕니다.

별들이 조용히 그들의 대화를 듣고 있습니다. 이 대화는 우리 모두의 이야기이기도 합니다. 우주의 신비로움 속에서 우리의 존재는 어떤 의미를 지닐까요? 인생은 어디로 우리를 이끄는 걸까요?

인생이란

천문학자   "눈이 부시게 아름다운 밤이군요. 별들은 마치 삶과 같이 질서와 신
          비를 품고 있죠. 보세요, 저 오리온자리를. 우주의 광대함 속에서 우
          리는 얼마나 작은 존재인지 느낄 수 있습니다."

여 행 자   "정말 멋진 광경이에요. 별을 보는 것은 언제나 낭만적인 것 같습니
          다. 하지만 저는 별들보다는 여행 중 만난 사람들, 그들의 이야기와
          감정에서 인생의 아름다움을 발견해요. 수많은 별들처럼 빛나는 각
          자의 삶에서요. 별들이 각각의 특성을 갖듯, 우리 인간도 개별적인
          특성을 소유하죠."

천문학자   "그렇군요. 하지만 저는 우주를 연구하다 보니 삶이 가진 일시성과
          우주 안에서의 무의미함을 느낍니다. 모든 것은 한때의 빛에 불과하
          죠. 아무리 위대한 인간이라도 할지도요. 인간이 갖는 개성 또한 결
          국 이 우주 속에서는 작디 작은 것을 불과하다고 느낍니다."

여 행 자   "하지만 그 일시적인 순간들이 모여 우리의 세계를 구성하고, 그 순
          간들 속에서 우리는 사랑과 기쁨을 경험하지 않나요? 이 순간들이
          우리 인생에 의미를 부여하는 거예요. 그 순간들은 너무도 소중해
          요. 설령 일시적이라고 해도, 각자의 삶이 그 자체로 의미가 있다고
          생각해요."

천문학자   "그러나 일시적인 순간들이 정말로 우리 삶의 의미를 형성할 수 있
          는지 의문이 들어요. 그 순간들이 사라진다면 우리의 삶은 어떤 의
          미를 가질까요?"

여 행 자   "별들은 멀리서 보면 아름답지만, 그것들이 무엇을 뜻하는지는 우리가 찾아내야 하죠. 즉, 각자의 삶이 갖는 의미는 스스로가 발견해야할 의무라고 생각해요. 인생의 의미는 정해지는 것이 아닌 스스로 정하는 것이죠."

천문학자   "인생은 결국 그것을 영위하는 인간이 이끌어 간다는 것이군요."

여 행 자   "맞아요. 우리 각자의 인생은 마치 우주 속의 별과 같아요. 각자 다른 빛을 발하며, 각자의 위치에서 독특한 광채를 냅니다. 우리의 삶, 우리의 이야기가 바로 그 독특한 별빛이죠."

천문학자   "저도 그 말에 이해가 되는군요. 인생은 결국 우리 각자가 만들어가는 자신 만의 이야기라는 것을 말이에요."

여 행 자   "맞아요. 그리고 우리가 만나는 모든 사람, 우리가 겪는 모든 경험은 우리 인생이라는 별빛을 더 밝고 다채롭게 만들어요. 이 모든 경험들이 우리 삶을 형성하는 거예요."

천문학자   "그렇게 볼 때, 인생은 단순한 존재 이상의 것이 되네요. 우리는 각자의 독특한 경로를 따라 우주의 일부가 되고, 경로 위에서 우리의 삶은 빛나는 별이 됩니다."

여 행 자   "그래서 인생의 진정한 아름다움은, 우리가 어떤 길을 걷느냐에 달려있다고 생각해요. 우리의 선택, 우리의 행동, 우리의 관계가 바로 그 길을 만들죠. 그리고 그 길은 우리에게 독특한 의미와 가치를 부여합니다. 이것이 매 순간 우리에게 어떠한 길이 적합할지 고민하고, 또 고민 해야하는 이유죠. 그래서 저는 우리 각자의 인생이 자체적으로 특별한 의미를 지닌다고 생각해요."

천문학자　　"그렇군요. 각자가 만들어 가는 그 길이 바로 우리 각자의 이야기이고, 그 이야기는 우리 각자에게 속한 독특한 삶의 모습을 만들어낸다는 말이군요. 결국 그런 모든 것이 결합되어 각자의 삶을 유일무이하고 가치 있는 것으로 만들어주는 것 같습니다."

여 행 자　　"맞아요. 그래서 여행 중에 만난 사람들, 그들의 이야기와 교류하는 순간들이 제게는 온 우주만큼이나 큰 의미를 가집니다. 삶의 순간을 경험한다는 것은 그런 의미를 갖고 있으니까요. 우리는 그 순간들을 통해 살아가고, 성장하죠."

인생의 목적

천문학자　　"그렇다면 당신은 인생의 목적이 무엇이라고 생각하나요? 우주의 광활함 속에서, 우리는 어떤 목적을 지녀야 할까요?"

여 행 자　　"저는 인생의 목적이 개인마다 다르다고 생각해요. 우리는 각자의 경험 속에서 그 답을 찾아가죠. 예를 들어, 제겐 새로운 곳을 탐험하고 다양한 사람들을 만나며 삶에 대한 새로운 통찰을 깨닫고 전파하는 것이 인생의 목적이에요. 그런 경험들이 저를 풍부하게 만들죠."

천문학자　　"흥미롭군요. 저는 우주를 연구하며 우리가 살고 있는 이 광대한 우주에 대한 이해를 깊게 하고자 합니다. 이것이 제 삶의 목적입니다. 우주의 신비를 조금이나마 이해하고 이를 전파하는 것이죠."

여 행 자　　"그렇다면 우리는 각자 다른 방식으로 인생의 목적을 찾고 있는 거네요. 하지만 중요한 것은 우리 모두가 자신만의 방식으로 목적을 찾고 있다는 거죠. 물론 자신이 그것을 인지하고 있는지 아닌지는 무관하게 말입니다."

천문학자 "맞습니다. 인생의 목적은 각자의 내면에서 발현되는 것 같아요. 우리는 우주의 작은 일부분이지만, 각자의 존재는 그 자체로 소중합니다. 그리고 각자의 삶이 가진 특별성이 바로 하나의 삶을 다른 삶과 차별화시켜주는 요인임에 틀림없습니다."

여 행 자 "저도 동의해요. 인생의 목적은 자신이 무엇을 중요하게 생각하고, 어떻게 그것을 추구하는지에 달려 있다는 것을 매우 강하게 느껴요. 우리 모두는 서로 다른 길을 걷지만, 각자의 길에서 우리는 의미를 찾고, 삶을 풍요롭게 만들죠."

천문학자 "그렇다면, 인생의 목적을 달성하는 것이 중요한가요? 아니면, 그것을 찾는 여정 자체가 더 중요한 것일까요?"

여 행 자 "저는 여정 자체가 더 중요하다고 생각해요. 인생의 목적을 달성하는 과정에서 우리는 많은 것을 배우고 성장하죠. 목적의 달성 여부도 중요하지만, 그 과정에서의 경험이 우리 삶을 풍요롭게 만드는 것 같아요. 무엇보다도, 우리의 목적은 고정되지 않아요."

천문학자 "저도 별들을 연구하면서 얻은 지식만큼이나, 그 지식을 얻기 위한 과정에서의 순간들을 소중히 여깁니다. 그 과정에서의 깨달음과 경험이 제 삶에 큰 의미를 부여해요. 그리고 그 과정에서 저는 저라는 사람의 정체성을 확립할 수 있었어요. 그럼으로써 제가 진정 원하는 길이 무엇인지 알게 되었죠."

여 행 자 "우리는 각자의 목적을 향해 나아가면서, 동시에 그 여정 자체에서 의미를 찾는 거네요. 목적지에 도달하는 것도 중요하지만, 그 길을 걷는 동안 우리가 경험하는 모든 것이 인생을 구성하는 것 같습니다."

천문학자 "맞아요. 우주의 별들처럼, 우리 각자의 인생도 독특하고 소중한 여정이죠. 그 여정 속에서 우리는 자신만의 목적을 찾고, 그것을 통해 우리의 삶에 깊이와 의미를 부여합니다."

여 행 자 "그래서 인생의 진정한 목적은 우리가 선택한 길을 걸으며, 그 길에서 얻는 깨달음과 경험에 있는 것 같네요."

천문학자 "그런데 여행자님, 인생의 목적을 찾는 것이 때때로 시련을 동반한다고 생각하지 않으세요?"

여 행 자 "저도 삶을 살아가며 그러한 시련을 느꼈습니다. 사실, 엄청 많이요. 이번 여행 중에도 수많은 도전을 마주했어요. 하지만 이러한 시련들이 오히려 저를 더 강하게 만들고, 제 삶에 대한 이해를 깊게 해줬어요. 어려움을 극복하는 과정에서 자신에 대해 더 많이 배우게 되니까요."

천문학자 "비슷한 경험을 저도 해보았습니다. 천체를 연구하는 것이 어려워서 때로는 절망감을 느꼈습니다. 저보다 뛰어난 사람들의 존재와 천체 연구 속에 본질적으로 내재된 난이도 때문이죠. 하지만 그것들은 제가 더 높은 이해도를 갖게 하는 데 중요한 역할을 했습니다."

여 행 자 "인생의 목적을 찾아가는 것은 단순히 즐거운 경험만이 아닌, 우리의 한계를 넘어서는 과정이기도 하잖아요. 나를 내던지며 한계를 넘는 것이 곧 어려움이구요. 그 과정에서 우리는 더 강해지고, 우리 삶에 대해 더 깊이 사유하게 되죠."

천문학자   "항상 한계를 넘는 것은 너무도 두렵지만 그만큼 보상도 큰 것 같아요. 도전하는 자에게 인생이 주는 보상 같다고나 할까요."

여 행 자   "역시 인생에서 중요한 것은, 우리가 어떤 길을 선택하느냐가 아니라, 그 길을 어떻게 걷느냐에 있어요. 특히 길을 선택하는 것이 우리의 의지로 조절될 수 없는 상황에 말이에요. 내게 맞는 길을 찾는 것 자체가 너무 어려우니까요."

천문학자   "확실히 우리의 삶에서 목적을 찾는 것은, 모래 속에서 바늘을 찾는 것 같아요. 우리는 우리가 어떤 재능을 갖고 있는지도 정확히 모를 수 있으니까요. 하지만 그러한 탐구 과정 자체가 우리에게 중요한 것 같습니다."

여 행 자   "그리고 가끔은 우리가 생각지도 못한 곳에서 가장 중요한 깨달음을 얻기도 하죠. 우연한 만남이나 예상치 못한 경험들이 우리의 삶에 새로운 방향을 제시해 줄 때도 있어요."

천문학자   "그런 불확실성이 곧 인생을 아름답게 해주는 요인 아닐까요? 예측이 불가능하고 항상 변화하는 것. 우리가 세웠던 계획과는 다른 방향으로 우리를 이끄는 그 무엇. 그 안에서 우리는 자신을 발견하고, 운명이 우리에게 준 삶의 진정한 목적을 이해하게 되죠."

여 행 자   "그래서 저는 여행을 좋아해요. 모든 여행은 저에게 새로운 시각을 제공하고 저를 이전과는 다른 사람으로 만들어요. 무엇보다 여행은 그 자체에 내재된 특성으로 인하여 불확실성이 큽니다. 이것이 저를 진정으로 성장하게 하는 요인으로 작용해요. 여행은 제 인생의 목적을 찾는 과정이자, 제 삶의 중요한 부분이에요."

천문학자　"우리 모두는 각자의 방식으로 우주의 신비를 탐구하고 있습니다. 저는 별들을 통해, 당신은 여행을 통해. 결국 우리는 같은 질문에 대한 답을 찾고 있어요. 우리 삶의 의미와 목적은 무엇인가?"

여 행 자　"그 답은 아마도 우리 각자의 내면 깊은 곳에 있을 거예요. 우리가 겪는 모든 것이 우리를 그 답에 더 가까이 이끌고 있죠. 그리고 가끔은 그 답이 우리가 원래 생각했던 것과는 전혀 다를 수도 있어요. 인생의 여정에서 우리는 자주 길을 잃기도 하고, 예상치 못한 곳에서 새로운 길을 찾기도 해요. 그런 순간들이 우리에게 삶의 진정한 가치를 가르쳐 준다고 생각해요. 인생은 우리가 누구인지, 무엇을 원하는지를 발견하는 과정인 거죠. 때로는 그 과정이 힘들고 복잡하게 느껴질 수 있지만, 그것이 우리를 더 강하고 지혜로운 사람으로 만들어 줄 거예요."

천문학자　"그 과정 속에서 우리는 삶의 다양한 측면을 경험하며 그것들이 우리 인생에 어떤 의미를 부여하는지 이해하게 되며, 삶은 단순히 목표를 향해 나아가는 것이 아니라 그 과정에서 경험하는 모든 것이 중요하다고 말씀하시고 싶으신 거군요."

여 행 자　"때로는 우리가 계획하지 않은 경로가 우리에게 가장 큰 교훈을 주기도 하는 것처럼 말이에요. 인생은 예상치 못한 방향으로 흘러가기도 하지만, 그 모든 것이 우리 삶의 일부분이 되어, 우리를 더욱 풍부한 존재로 만듭니다."

천문학자　"저도 그렇게 생각합니다. 별들이 우리에게 그러한 것들을 보여주고 싶어하는 것 같으니까요. 우주의 끝없는 변화와 다양성, 그 속에서 우리는 우리 자신을 발견하고 삶의 진정한 목적을 찾게 됩니다. 이것이 저희가 삶을 살아가는 목적인 것 같습니다."

인생을 바라보는 태도

천문학자   "저는 그런 점에서 인생을 바라보는 태도가 정말 중요하다고 생각해요. 태도가 역경을 긍정적으로 해석하고 우리의 목적을 추구하게 해주니까요. 인생을 바라보는 태도는 우주를 바라보는 태도와 비슷한 것 같아요. 우주는 거대하고 이해하기 어렵지만, 우리는 그 신비함에 매료되고 탐구하려는 욕구를 느끼니까요. 인생도 마찬가지죠. 어려움과 불확실성에도 불구하고, 우리는 그것을 탐구하고 이해하려는 자세가 필요합니다."

여 행 자   "정말 그렇네요. 인생에 대한 태도는 우리가 경험하는 모든 것에 영향을 미쳐요. 태도는 선택이에요. 우리는 어떤 상황에도 긍정적이고, 개방적인 태도를 선택할 수 있죠. 그렇게 함으로써 우리는 더 많은 기회와 가능성을 발견할 수 있어요."

천문학자   "거대한 지구 속에서 우리의 삶이 작게 느껴질 수도 있지만, 그 속에서도 우리는 끊임없이 배우고, 성장할 수 있으니까요. 이것이 바로 인생에 대한 호기심과 열정이 우리를 이끄는 방식이죠."

여 행 자   "여행을 하면서 다양한 사람을 만나며 배운 것 중 하나는 우리의 태도가 우리가 만나는 사람들과의 관계와 우리가 취하는 결정, 심지어 우리의 행복에도 영향을 미친다는 것입니다. 삶에 대한 긍정적이고 적극적인 태도는 우리가 세상을 경험하는 방식을 변화시키는 것 같아요."

천문학자   "삶의 모든 순간에서 의미를 찾고, 그것을 즐기려는 태도를 가져야 한다는 것이군요."

여 행 자   "맞아요. 우리가 살고 있는 이 순간, 이 경험들이 바로 우리 인생의 핵심이니까요. 우리의 태도가 바로 그 순간들을 의미 있게 만드는 것이죠. 우리는 매 순간 최선을 다하고, 각 순간을 소중히 여기는 태도를 가져야 합니다. 그렇게 함으로써, 우리는 우리 삶을 더욱 풍부하고 의미 있는 것으로 만들 수 있어요."

천문학자   우주가 우리에게 수수께끼를 제시할 때, 우리는 그 해답을 찾기 위해 끊임없이 탐구하고 질문을 던집니다. 인생도 마찬가지죠. 어려운 상황과 마주칠 때, 우리의 태도는 그 상황을 해결하고 이해하는 열쇠가 됩니다."

여 행 자   "인생에서 마주치는 어려움과 도전은 우리가 성장하고, 강해지며, 더 나은 사람이 될 수 있는 기회를 제공합니다. 이 모든 것은 우리가 가진 태도에 달려있어요. 도전을 기회로 보고, 실패에서 배우며, 항상 앞으로 나아가는 긍정적인 태도가 중요하죠. 인생은 우리가 만들어가는 것이니까요. 긍정적인 태도를 유지하면, 우리는 삶의 모든 순간에서 아름다움과 기쁨을 찾을 수 있어요."

천문학자   "인생의 태도에 관한 우리의 대화는, 우주가 우리에게 가르쳐주는 것과 같은 교훈을 주네요. 우주는 변화무쌍하고 불확실하지만, 그 속에서 우리는 아름다움과 질서를 발견합니다. 우리 삶도 마찬가지 입니다. 불확실성과 변화 속에서도 우리는 긍정적인 태도로 삶의 아름다움을 찾을 수 있죠."

여 행 자   "인생은 우리가 겪는 모든 경험을 통해 계속해서 진화하고 변화하는 위대한 여정이에요. 우리의 태도가 바로 그 여정을 아름답게 만드는 열쇠입니다. 그리고 잊지 말아야 할 것은, 우리의 태도가 다른 사람들에게도 영향을 미친다는 사실이에요. 우리가 긍정적이고 열린 마음을 가지면, 우리 주변 사람들도 그 에너지를 느낄 수 있죠. 우리의 태도는 우리가 만나는 사람들과의 관계를 형성하고, 그들의 삶에도 긍정적인 영향을 미칠 수 있어요."

천문학자   "그건 매우 중요한 점이죠. 우리의 태도는 우리가 세상을 경험하는 방식뿐만 아니라, 다른 사람들의 감정과 그들과의 관계에도 지대한 영향을 끼치는 것 같습니다."

여 행 자   "그래서 우리는 모든 상황에서 최선을 다하고, 항상 새로운 것을 배우려는 자세를 가져야 합니다. 이런 태도는 우리 삶을 더욱 풍부하게 만들죠. 반면 잘못된 태도는 우리에게 고통을 불러올 것입니다."

인생의 고통과 어려움

천문학자   "여행자님은 인생의 고통과 어려움에 대해 어떻게 생각하나요?"

여 행 자   "솔직히 말하면, 때때로 이 모든 고통이 정말 필요한지 의문이 듭니다. 사람들이 겪는 어려움들이 때로는 너무 크고, 극복하기 어려워 보일 때가 많거든요. 가끔은 억울한 순간도 있죠. 그런 것들은 솔직히 조금 불필요해 보여요."

천문학자   "그런 생각을 하는 것은 자연스러운 일이지요. 하지만 제 생각엔, 고통과 어려움은 우리 삶의 필수적인 부분이에요. 그것들은 우리를 단련시키고 삶에 대한 더 깊은 이해를 가능하게 하죠. 물론 그것이 쉽지는 않지만, 이러한 경험들은 우리의 성장과 발전에 기여할 것입니다."

여 행 자   "하지만 고통과 어려움을 겪는 것이 항상 긍정적인 결과를 가져오는 것은 아니잖아요. 때로는 사람들이 이러한 경험으로 인해 더 많이 상처받고, 괴로워하기도 하죠."

천문학자   "맞습니다, 그런 경우도 있지요. 고통과 어려움이 항상 긍정적인 결과만을 가져오는 것은 아니에요. 하지만 중요한 것은 우리가 어떻게 그러한 상황에 대응하고, 그 속에서 무엇을 배우느냐입니다. 우리는 어려움 속에서도 작은 성취나 기쁨을 발견할 수 있어요. 그것이 우리에게 새로운 힘을 주기도 하죠."

여 행 자   "아까 태도에 관한 이야기를 했던 것이 떠오르네요. 고통과 어려움이 다가오는 것은 선택할 수 없어요. 하지만 우리가 고통에서 무언가를 배우기로 선택하는 태도를 갖는다면, 우리는 고통 속에서 희망이 찾을 수 있어요."

천문학자 "저도 동의해요. 희망을 찾는 방법은 사람마다 다르긴 하지만요. 중요한 것은, 우리의 태도와 관점을 바꾸는 것 같아요. 고통과 어려움 속에서도 감사할 것을 찾고, 작은 성취를 기뻐할 수 있어야 해요. 때로는 자연의 아름다움이나 가까운 이들과의 관계에서 위안을 찾을 수도 있고요."

여 행 자 "저도 고통에 대한 태도를 바꿔 좋은 결과를 내었던 다양한 경험들이 떠오르네요. 정말 힘든 경험이었지만 미숙한 제게는 꼭 필요한 경험이었죠."

천문학자 "그래서 제 생각에는, 인생의 고통과 어려움이 우리에게 귀중한 교훈을 줄 수 있다고 봐요. 물론 고통 자체를 긍정적으로 보는 것은 아니지만, 이를 통해 우리는 더 강해지고 삶을 더 깊이 이해하게 돼요. 여행자님은 어려움을 겪을 때 어떤 방식으로 대처하시나요?"

여 행 자 "저는 보통 어려운 상황에 처하면 자연을 찾아요. 산을 오르거나 강가를 거닐면서 마음의 평화를 찾곤 해요. 하지만 그것만으로는 해결되지 않는 고통도 있어요."

천문학자 "저는 인생에서 마주치는 어려움을 극복하는 데에는 자기 자신에 대한 이해와 주변 사람들과의 관계가 중요하다고 생각해요. 어려움을 겪을 때 우리는 자신을 더 잘 이해하게 되고, 주변 사람들과의 관계에서 큰 힘을 얻을 수 있죠. 주변 사람들과의 관계에서 도움을 받으신 적이 있나요?"

여 행 자　"저는 친구들과 대화를 나누며 많은 힘을 얻어요. 친구들과의 교류 속에서 다양한 관점을 배우고, 가끔은 그들의 지지와 격려가 제게 큰 위안이 되죠. 무엇보다도 고통은 저에게만 찾아 오는 것이 아니 라는 것을 깨달을 수 있어요. 하지만 천문학자님, 모든 사람이 이런 지지를 받을 수 있는 것은 아니잖아요. 누군가는 상황에 따라 사회 적으로 고립될 수도 있구요. 그럴 때는 어떻게 해야 할까요?"

천문학자　"그렇죠, 모든 사람이 같은 지원을 받는 것은 아니에요. 하지만 결국 우리가 가진 모든 변수와 자원을 고려하면, 자신만의 방식으로 어려 움을 극복할 수 있는 방법이 분명 있을 거에요. 자신을 돌아보고, 개 인적인 취미나 관심사에 몰두함으로써 위안을 찾을 수도 있겠죠."

여 행 자　"천문학자님이 인생에서 겪은 가장 큰 어려움은 무엇이었나요? 그 리고 그것을 어떻게 극복하셨나요?"

천문학자　"제 인생에서 가장 큰 어려움은 몇 년 전 겪은 연구 실패였어요. 그 때 저는 깊은 자기성찰을 통해 내면의 평화를 찾으려고 노력했죠. 결국 내면의 평화를 찾도록 도와주는 것은 제가 정말 하고 싶은 일 을 하는 것이더라구요. 제가 좋아하는 별을 관찰하며, 우주의 광대 함 속에서 저의 문제들이 사실 그리 크지 않다는 것을 깨달았어요"

여 행 자　"천문학자님의 경험을 듣고 나니, 제 문제들도 좀 더 작게 느껴지는 것 같아요. 우리 모두가 겪는 고통과 어려움 속에서도, 각자의 방식 으로 해결책을 찾을 수 있다는 것이 위안이 되네요."

인생의 행복

여 행 자   "천문학자님은 인생에서 행복을 찾는 것을 어떻게 생각하세요?"

천문학자   "행복은 정말 이해하기 어려운 것 같아요. 가끔은 그저 순간의 기쁨처럼 느껴지기도 하고, 때로는 오랫동안 지속되는 만족같은 것으로 느껴지기도 하죠. 하지만 그것이 정말로 우리 인생의 최종 목표가 되어야 하는지 그리고 그것을 찾기 위해 노력하는 것이 의미 있는 일인지에 대해 종종 고민합니다."

여 행 자   "맞아요, 행복에 대한 이해는 사람마다 다를 수 있어요. 하지만 제 생각에 행복은 우리 인생에서 중요한 요소이며, 우리 각자가 그것을 찾기 위해 노력하는 것은 가치 있는 일이라고 봐요. 행복은 우리가 살아가는 데 있어 중요한 동기부여가 되니까요. 물론 그것을 찾는 과정이 쉽지만은 않지만, 그 과정 자체에서도 우리는 많은 것을 배울 수 있습니다."

천문학자   "하지만 행복을 추구하는 것이 때로는 우리를 더 큰 불만족으로 이끌 수도 있지 않을까요? 우리가 가진 것에 만족하지 않고 항상 더 큰 행복을 추구한다면, 그것은 오히려 우리를 불행의 늪으로 끌어들이지 않을까요?"

여 행 자   "그럴 수도 있어요. 그러나 가장 핵심적인 요인은 바로 우리가 행복을 바라보는 관점입니다. 행복을 외부의 무언가로부터 얻으려 하기보다는 내면에서부터 찾으려고 노력한다면, 우리는 보다 견고한 행복을 경험할 수 있어요. 즉, 현재에 만족하는 것이지요. 우리가 각

	자의 삶에서 작은 즐거움과 성취를 찾을 수 있다면, 그것이 바로 진정한 행복으로 이어질 수 있습니다."

천문학자   "그렇군요, 행복이 내면에서 오는 것이라면, 외부 상황에 의해 좌우되지 않을 수 있겠네요. 하지만 그렇다면, 우리는 어떻게 내면의 행복을 찾을 수 있을까요?"

여 행 자   "내면의 행복을 찾는 방법은 사람마다 다를 수 있어요. 하지만 대체로 자신에게 진정으로 중요한 것이 무엇인지 이해하고, 그것을 삶에서 실현하려는 노력이 필요하지 않을까요? 또한 감사의 마음을 가지고 살아가며, 주변 사람들과의 긍정적인 관계를 유지하는 것도 중요하죠."

천문학자   "제 생각에는 인생에서 행복을 찾는 것은 우리 각자가 살아가는 과정 그 자체라고 봐요. 행복이란 단순히 즐거운 감정이 아니라, 의미 있는 삶을 살아가는 과정에서 경험하는 만족과 충족감인거죠. 여행자님은 일상에서 행복을 느끼는 순간이 있으신가요?"

여 행 자   "말씀드렸듯이, 저는 자연을 탐험할 때 행복을 느껴요. 산을 오르거나 강가를 거닐면서 마음의 평화를 찾곤 해요. 하지만 더 중요한 것은 이러한 순간들이 제게 진정한 의미와 만족을 주는지 자문해보는 것이죠."

천문학자   "인생에서 행복을 찾는 것은 정말 개인적인 과정이에요. 자신에게 진정으로 중요한 것을 이해하고, 그것을 삶에서 실현하려는 노력이 중요합니다. 자신만의 방식으로 삶의 의미와 만족을 찾는 것, 그것이 바로 행복을 찾는 길이라고 생각해요. 여행자님은 삶에서 만족과 의미를 찾는 데 있어서 어떤 것들이 중요하다고 생각하시나요?"

여 행 자   "저는 삶에서 의미와 만족을 찾는 데 있어서, 자기 자신을 이해하고 자신의 가치를 실현하는 것이 가장 중요하다고 생각해요. 또한 사랑하는 사람들과의 관계를 소중히 여기고, 작은 것에서도 즐거움을 찾는 태도를 가지는 것이 중요하죠."

천문학자   "하지만 결국 우리가 각자의 상황을 고려하고, 자신에게 맞는 방식으로 행복을 찾으려는 노력이 필요해요. 우리는 행복을 위해 우리가 살아가는 의미와 목적을 명확히 해야 한다고 생각해요. 또한 이 과정에서는 다양한 사람들이 서로의 삶에 대한 탐구를 도와야 하구요."

여 행 자   "천문학자님의 이야기를 듣고 나니, 제 삶을 탐구하기 위한 방식도 좀 더 명확해지는 것 같아요. 우리 모두가 각자의 방식으로 행복을 찾아 나가는 과정 속에서, 서로의 경험과 지혜를 나누며 함께 성장할 수 있다는 것이 정말 멋진 일이네요."

천문학자   "맞아요, 서로의 경험을 나누는 것이 우리 각자의 행복을 찾는 여정에 큰 도움이 될 수 있어요. 행복은 우리가 기대하지 않은 곳에서 찾을 수도 있고, 예상치 못한 순간에 우리에게 다가올 수도 있죠. 여행자님, 행복을 찾는 여정에서 가장 중요하게 생각하는 가치는 무엇인가요?"

여 행 자   "저는 행복을 찾는 여정에서 가장 중요한 가치는 진정성이라고 생각해요. 자신이 무엇을 원하고, 무엇이 중요한지에 대해 솔직하게 이해하고, 그에 따라 살아가는 것. 그리고 자신의 감정과 생각에 정직하게 마주하는 것이죠. 그것은 어렵고, 불편할 수도 있지만, 진정한 행복을 찾기 위해서는 반드시 필요한 과정이라고 생각합니다."

천문학자 　"매우 깊은 통찰이네요. 진정성은 우리가 자신의 내면과 외부 세계와의 조화를 이루며 살아갈 때 얻을 수 있는 가장 중요한 가치 중 하나이죠. 자신과의 정직한 대화를 통해 우리는 진정한 자아를 발견하고, 그것을 바탕으로 우리 삶의 방향을 설정할 수 있을 거에요."

여 행 자 　"우리 삶의 의미는 결국 우리가 만들어가는 것입니다. 우리는 매 순간을 살면서 우리 삶의 이야기를 직접 써내려갑니다. 그리고 그 이야기는 우리가 만난 사람들과 경험에 의해 계속해서 진화하죠. 천문학자님, 이런 깊은 대화를 나눌 수 있어서 오늘 정말 즐거웠습니다."

　밤하늘은 별빛으로 가득 차 있고, 천문학자와 여행자는 서로의 이야기를 마무리 지으며 각자의 생각에 잠깁니다. 그들의 대화는 우주의 신비와 인간 삶의 깊은 연결을 탐구하는 여정이었습니다. 조용한 밤, 두 사람은 서로에게 작별의 인사를 건넵니다.

천문학자 　"이 밤, 여행자님과의 대화는 제게 새로운 시각을 열어주었습니다. 우리의 삶은 우주만큼이나 신비롭다는 것을요."

여 행 자 　"저도 감사해요. 우주의 신비로움과 삶의 중요성에 대해 더 깊이 생각하게 되었어요. 모든 순간이 소중하며, 우리의 삶은 각자에게 독특한 의미를 가진다는 사실을 잊지 않겠어요."

천문학자   "무엇이 되었건 각자의 길은 모두 소중한 법입니다. 그대의 길에,
         항상 따스한 별빛이 함께하기를."

   이별의 순간, 두 사람은 서로를 향해 깊은 감사의 마음을 표하며 작별합니다.
천문학자는 여행자가 멀어져 가는 모습을 바라보며, 그들의 대화가 자신의 사
고에 어떤 변화를 가져다주었는지를 생각합니다. 여행자는 산을 내려가며, 이
밤하늘 아래에서 나눈 대화가 앞으로의 여행에서 어떻게 자신을 인도할지를
상상합니다.
   별들은 여전히 밝게 빛나며, 이 두 영혼의 이별을 조용히 지켜봅니다. 그들의
이야기는 끝났지만, 그들이 나눈 생각과 감정은 우주의 신비 속에서 계속 울려
퍼질 것입니다. 그렇게 그들의 여정은 새로운 아침을 향해 계속 이어집니다.

02

정신에 관하여

스승과 제자

정신에 관하여
스승과 제자

가을의 고요한 사찰 정원에서 스승과 제자는 진중한 대화를 위해 만났습니다. 황금빛으로 물든 나무들이 정원을 둘러싸고, 평온한 연못은 그들의 사색을 반영하는 듯 조용히 빛납니다. 마치 이러한 분위기에 취한 듯, 스승과 제자는 매우 안정된 정신을 유지하고 있습니다.

스승은 제자를 향해 앉으며, 마음을 가다듬고 오늘의 대화에 집중하고자 합니다. 제자도 스승의 앞에 진지한 태도로 자리를 잡고, 스승의 깊은 지혜를 듣기 위해 마음을 엽니다.

대화를 통해 스승과 제자는 서로의 생각을 공유하며, 정신이라는 주제에 대한 더 깊은 이해를 추구할 것입니다. 이들의 대화는 단순한 답을 찾기보다는 더 많은 질문을 탐구하는 과정이 될 것입니다. 사찰의 정원은 그들의 생각을 담아내는 침묵의 공간으로 남으며, 정신에 대한 탐구가 시작됩니다.

정신을 구성하는 것

스　승　"그래. 오늘은 본격적으로 정신이라는 주제에 대해 이야기해 보자. 정신이란 무엇으로 구성되어 있다고 생각하나?"

제　자　"스승님, 저는 정신이라는 것이 참으로 복잡하다고 느껴집니다. 그래서 솔직히 잘은 모르겠지만, 제 생각엔 정신이 우리의 생각이나 감정과 같은 내적인 요소들로 구성된 것 같아요. 이 모든 것이 합쳐져서 우리가 세상을 인식하고, 반응하는 방식을 만들어내는 것 같습니다."

스　승　"나쁘지 않은 생각이야. 정신은 실제로 생각과 감정 같은 인식적 요소들로 구성되어 있지. 하지만 그건 내부적인 요인에 불과해. 정신은 또한 외부적 요인인 우리의 경험과 환경에 의해서도 형성된단다. 이 모든 것이 어우러져서 개인의 정체성과 세계관을 형성한다고 할 수 있어."

제　자　"외부적 요인까지 우리의 정신을 구성하는군요. 그렇다면 우리의 정신은 지속적으로 유지하는 성질을 갖고 있는 것이 아니라 외부적 요인인 경험과 환경이 변화하면서 함께 변하겠네요."

스　승　"맞아. 그 과정 속에서 경험을 포함한 우리의 환경은 우리의 정신의 형성에 끊임없이 기여한단다. 정신은 고정된 것이 아니라, 지속적으로 변화하고 발전한다는 것이지. 우리가 경험하는 모든 것은 우리의 정신에 영향을 미친다. 이런 점에서 볼 때, 정신은 우리 삶의 흐름을 반영하는 거울과도 같다고 할 수 있지."

제　자 "알겠습니다, 스승님. 우리의 정신은 우리가 어떻게 살아가는지에 따라 계속해서 형성되고 재구성되는 것이군요. 결국 우리의 선택과 행동이 우리의 정신을 형성하는 것이네요"

스　승 "정확하게 이해했구나. 우리의 정신은 매일매일 우리가 형성하는 것이야. 그래서 우리는 자신의 생각과 행동에 대해 의식적으로 주의를 기울여야 해. 우리가 살아가는 과정 자체가 바로 우리의 정신을 만들어가는 과정이니까. 따라서 우리가 무엇을 하며, 무엇을 의도하고, 어떤 것을 진행하고, 왜 행동하는지에 대한 것들을 파악하는 것이 좋단다. 물론 그러한 행위가 완전히 의식적으로 행해지기는 힘들겠지만. 왜냐하면 정신을 관장하는 요소에는 무의식적인 면도 있기 때문이지."

제　자 "스승님, 그럼 우리의 의식적인 노력과 무의식적인 요소가 상호작용하여 우리의 정신을 이룬다고 보시는 건가요?"

스　승 "맞아. 우리의 의식적인 생각과 선택은 분명 중요하지. 하지만 무의식적인 요소도 우리의 정신을 형성하는 데 큰 역할을 한다. 무의식은 종종 우리의 의식적인 이해를 넘어서는 깊이와 복잡성을 지니고 있어. 그러니 우리는 의식적인 노력뿐만 아니라 무의식적인 영역에도 주의를 기울여야 해."

제　자 "그렇다면 우리는 어떻게 무의식적인 영역에 접근할 수 있을까요? 그리고 그것을 우리의 의식적인 삶에 어떻게 통합할 수 있을까요?"

스　승 "무의식에 접근하는 것은 매우 힘들어. 우리는 일반적으로 접근이 아닌 이해를 바탕으로 무의식을 이용할 수 있단다. 예를 들어, 특정한 자극에 대한 우리의 반응을 관찰함으로써 무의식의 메시지를 파악할 수 있지. 그럼으로써 우리는 의식적인 삶에서 더 균형 잡힌 결정을 내릴 수 있어. 이 과정은 자신을 더 잘 이해하고, 복잡한 감정과 생각을 조화롭게 통합하는 데 도움을 줄거야."

제 자 "스승님, 무의식은 이해의 영역에 속한다는 것이 잘 이해가 되지 않습니다. 의식적인 결정에 영향을 미칠 수 있는 무의식적인 요소들의 영향을 어떻게 인식하고 조절할 수 있을까요?"

스 승 "그 주제를 다루기 위해선 의식에 대한 탐구가 선행되어야 할 것 같구나. 우선, 의식이 무엇이며 의식적으로 사는 것이 어떠한 개념인지 알아보자."

의식적으로 사는 것

제 자 "알겠습니다. 그럼 먼저 의식적으로 사는 것에 대해 말씀하셨는데, 정확히 의식적으로 사는 것이 어떤 의미인가요?"

스 승 "좋은 질문이야. 그것을 위해 먼저 의식이 무엇인지 이해할 필요가 있단다. 의식은 우리가 경험하는 것을 인지하는 마음의 상태야. 크게는 사고와 감정, 감각으로 구성되어 있지. 그리고 그것들은 우리가 세상을 인식하고 느끼는 방식과 관련되어 있어. 의식적으로 산다는 것은 우리의 행위를 명확히 인지하고, 우리의 생각과 행동에 대해 깊이 성찰하는 것을 의미해."

제　자　"스승님, 그렇다면 의식적으로 산다는 것은 우리의 일상적인 결정과 행동에 더 많은 주의를 기울이는 것을 말하는 것이군요."

스　승　"그렇다고 할 수 있지. 의식적으로 산다는 것은 우리가 하는 모든 것에 대한 깊은 의미와 목적이 무엇인지 고민하는 것을 의미하니까. 이것은 단순히 자동적으로 반응하거나 습관적으로 행동하는 것이 아닌, 각 순간을 의미 있게 만들기 위해 의도적인 선택을 하는 거야. 이런 방식으로 살아간다면, 우리는 더 충만하고 의미 있는 삶을 살 수 있어."

제　자　"하지만 매 순간에 의도적인 선택을 한다는 것이 쉽지는 않아 보입니다. 어떻게 우리는 일상에서 의식적으로 살 수 있을까요? 실제로 이를 실천하기 위한 구체적인 방법이 있나요?"

스　승　"의식적으로 살기 위해서는 현재 순간에 집중하는 연습이 필요해. 이것은 명상이나 깊은 호흡과 함께 감각을 인지함으로써 현재의 자신과 주변의 상태에 집중하는 연습을 통해 가능하지. 즉, 의식의 영역 중 사고나 감정이 아닌 감각을 인지하는 거야. 또한 우리의 행동과 결정에 대해 반추하고, 그것들이 우리의 가치와 목표에 어떻게 연결되는지 고민해야 해. 이 과정에서 자기 성찰을 하는 것은 매우 중요해."

제　자　"그러면 총괄적인 자기 성찰을 행하는 것이 곧 의식적으로 산다는 것이군요."

스　승　"약간 달라. 자기 성찰은 의식적으로 산다는 것의 일부야. 성찰 뿐만 아니라 현재에 집중하는 것이 필요해. 물론 자기 성찰은 큰 도움이 돼. 성찰을 통해 우리는 우리 자신을 더 깊게 이해하고, 우리의 진정한 목적과 욕구에 더 가까이 다가갈 수 있으니까. 하지만 현재의 감각에 집중하는 것을 잊지마렴. 이러한 방식으로 의식적으로 살아감으로써 우리는 더 의미 있는 결정을 내리고, 우리의 삶을 더 충실하게 만들 수 있어. 결국 의식적인 삶은 우리가 누구인지, 무엇을 하고 있는지, 삶을 살고 싶은지에 대한 깊은 이해에서 시작되는 것이야."

제 자 "의식적인 삶을 살기 위해 필요한 자기 성찰과 현재에 집중하는 것이 쉽지는 않을 것 같습니다. 저와 제 주변의 환경은 너무도 빠르게 돌아가고 있거든요. 일상의 바쁜 활동들 속에서 그런 실천을 어떻게 유지할 수 있을까요?"

스 승 "의식적으로 산다는 것은 쉬운 일이 아니야. 그러니 그것은 연습과 헌신을 필요로 하는 과정이지. 우리는 작은 습관에서부터 시작할 수 있어. 예를 들어, 매일 아침 일어나서 하루를 시작하기 전에 잠시 멈추어 생각하는 시간을 가지는 것, 각각의 활동을 시작하기 전에 잠시 숨을 고르고 현재에 집중하는 것이 있어. 이렇게 작은 순간들을 통해 우리는 점차 의식적인 삶을 실천하는 데 익숙해질 거야."

제 자 "그렇군요, 스승님. 굉장히 좋은 방법입니다. 그렇다면 의식적인 삶을 살아가는 것이 우리의 행복에는 어떤 영향을 미칠까요?"

스 승 "의식적으로 살아가는 것은 우리의 정신 건강에 매우 긍정적인 영향을 미친단다. 의식적인 삶은 스트레스를 줄이고, 우리의 감정을 더 잘 이해하며 관리하는 데 도움을 줘. 또한 우리는 우리의 행동과 반응이 어디서 오는지를 더 명확하게 이해할 수 있게 돼. 이것들은 모두 우리가 더 건강한 관계를 맺고 더 효과적으로 문제를 해결하는 데 도움을 준다."

제　　자 "의식적으로 살아간다는 것이 매일의 작은 선택에서부터 시작된다는 것은 이해했습니다. 하지만 아까 말씀하신 것처럼 우리의 무의식적인 감정이나 반응이 우리의 의식적인 노력을 방해할 수도 있지 않을까요?"

스　　승 "그래 맞아. 좋은 지적이야. 우리의 무의식적인 감정이나 생각이 때로는 의식적인 의도와 상충될 수 있어. 이것이 우리가 무의식적인 영역에도 주의를 기울이고 이해하려고 노력해야 하는 이유야. 의식적인 삶을 살아가는 과정에서 자신을 효과적으로 통제하기 위해, 우리는 무의식적인 감정과 생각을 인식하고 이를 의식적인 결정과 행동에 통합하는 방법을 배워야 해."

제　　자 "그렇군요. 그러면 우리가 무의식적인 감정이나 생각을 인식하고 통합함으로써 우리는 더 용이하게 의식적인 삶의 방식을 유지할 수 있겠군요."

스　　승 "맞단다. 무의식적인 감정이나 생각을 인식하고 이해함으로써, 우리는 행동과 반응의 근원을 이해하게 되고, 이것은 우리가 더 의식적이고 의도적인 방식으로 삶을 살아가는 데 큰 도움이 된단다. 무의식적인 요소들을 의식적인 삶의 일부로 통합하는 것은 우리가 자신의 삶을 보다 통제하고, 보다 충만하게 살아가는 데 기여하지.

결국 의식적으로 살아가는 것은 단지 의식적인 부분에만 초점을 맞추는 것이 아니라, 무의식적인 부분까지 포괄하는 균형 잡힌 접근 방식이 되어야 한다는 것을 의미해."

무의식을 활용하는 것

제 자 "의식적인 삶을 살기 위해, 무의식을 활용하는 것의 중요성에 대해서는 잘 이해했습니다. 하지만 아직 우리의 무의식을 어떻게 이해하고 활용할 수 있는지는 잘 모르겠습니다."

스 승 "좋은 질문이구나. 무의식은 우리 의식 아래에 숨겨진 영역이야. 우리의 꿈이나 갑작스럽게 떠오른 통찰, 심지어 잊혀진 기억들이 모두 무의식에서 비롯된 거야. 이것들을 인식하고 활용하는 것은 우리의 삶을 더 윤택하게 만들도록 도와줄 수 있어."

제 자 "그렇군요. 그럼 구체적으로 무의식을 어떻게 인식할 수 있을까요?"

스 승 "무의식을 인식하는 방법 중 가장 핵심적인 방법은 바로 외부자극에 의해 촉발되는 감정을 인지하는 거야. 그것들이 무의식에 의한 반응이기 때문이지. 누군가는 단순한 인사에도 불쾌감을 느낄 수 있고, 누군가는 불쾌한 말에도 평온한 기분을 유지할 수 있어. 이러한 차이는 서로 다른 무의식 때문이란다. 이 과정에서 중요한 것은 우리 내면의 목소리에 귀를 기울이고, 그것들이 우리에게 무엇을 말하려고 하는지를 이해하는 거야. 이를 통해 우리는 더 의미 있고 균형 잡힌 결정을 내릴 수 있어.

제　　자　"그러한 방식으로 무의식적인 메시지를 이해하면, 우리는 우리 자신에 대해 더 많은 것을 배울 수 있겠군요. 예를 들어, 무의식적인 두려움이나 욕구가 우리의 행동에 어떻게 영향을 미치는지 이해할 수 있는 것 처럼 말이에요. 또는 특정 자극에 우리의 감정이 어떻게 반응할지도요. 그렇다면 우리의 무의식적 요소들이 드러나는 순간들을 어떻게 더 잘 인지할 수 있을까요? 그 순간들을 알아차리는 것이 쉽지 않을 것 같아요."

스　　승　"무의식적인 요소들이 드러나는 순간들을 인지하는 것은 실제로 많은 연습이 필요해. 우리는 일상생활 속에서 감정이나 반응이 갑작스럽게 드러날 때, 그것을 멈추고 관찰하는 것이 중요해. 예를 들어 감정이나 행동이 이유 없이 격렬하게 변할 때, 그것은 무의식적인 요소가 작용하고 있다는 신호일 수 있어. 이런 순간들을 인지하고, 그 원인에 대해 성찰하는 것이 중요하지."

제　　자　"그런 순간들을 되돌아보는 것이 우리 자신을 더 잘 이해하는 데 도움이 되는 거군요."

스　　승　"중요한 것은 자기 자신을 더 깊게 이해하고, 그 이해를 바탕으로 의식적인 결정을 내리는 것이야. 무의식적 요소를 이해하는 것은 어려울 수 있지만, 그것은 우리가 자신의 내면과 더 깊이 연결되도록 도와주고, 우리 삶의 많은 부분에서 더 나은 선택을 하도록 이끌어 준단다."

제　　자　"그렇군요. 무의식적 요소를 이해하고 활용함으로써, 우리는 우리 자신과 주변 세계에 대해 더 깊이 있는 이해를 갖게 되고, 이것은 우리 삶에 긍정적인 변화를 가져다 줄 수 있겠군요."

스　승　"그렇단다. 우리는 더 건강한 관계를 맺을 수 있고, 스트레스와 갈등을 더 잘 해결할 수 있으며, 더 만족스러운 삶을 살 수 있게 될 거야. 무의식의 깊은 이해는 우리가 진정으로 누구인지, 우리가 원하는 것이 무엇인지를 명확히 할 수 있도록 도와줘."

제　자　"그럼 이제 무의식적 요소들을 이해하고 활용하는 것이 중요하다는 것은 이해했습니다. 하지만 무의식적인 감정이나 생각들을 어떻게 의식에 건강하게 통합할 수 있을지에 대한 의문이 아직 남아 있습니다."

스　승　"무의식적인 감정이나 생각들을 건강하게 통합하는 방법 중 하나는 그것들을 인정하고 받아들이는 것이야. 우리는 종종 우리가 좋아하지 않거나 두려워하는 감정이나 생각을 억제하려고 하지만, 이것은 오히려 문제를 더 복잡하게 만들어. 대신 우리는 이러한 감정과 생각을 인정하고, 그것들이 우리에게 어떤 메시지를 주고 있는지 이해하려고 노력해야 해. 그러한 무의식적 반응의 작동 방식을 이해하고 인정하면 그것을 의식적인 영역에서 예측하고 활용할 수 있어. 이러한 방식으로 그것들을 의식적인 삶에 통합하여, 더 건강하고 조화로운 방식으로 대응할 수 있단다."

제　자　"그렇다면 무의식적인 감정이나 생각들을 인정하고 통합하는 것을 성공했을 때, 이것이 우리 삶에서 어떤 구체적인 변화를 가져올 수 있나요?"

스　　승 "무의식적인 감정이나 생각들을 통합함으로써, 우리는 더 진정성 있고 진실된 삶을 살게 돼. 우리의 의사 결정은 더 균형 잡히고, 우리의 관계는 더 깊이 있고 충실해질 거야. 또한 우리는 스스로의 감정과 욕구에 대해 더 잘 이해하고, 이를 통해 우리의 삶을 더 건강하고 만족스러운 방향으로 이끌 수 있지. 이렇게, 무의식적인 요소들을 이해하고 통합하는 것은 우리가 더 충만한 삶을 살도록 도와줘. 이것은 우리의 진정한 잠재력을 발휘하는 데 중요한 역할을 한단다."

제　　자 "무의식에 대해 이제 어느 정도 파악한 것 같습니다. 무의식은 우리 삶에서 무시할 수 없는 중요한 부분이었군요! 이제부터는 무의식적인 요소들에 더 주의를 기울이고, 그것들을 건강하게 통합하는 방법을 찾아볼 것입니다."

스　　승 "그렇게 하면 좋겠구나. 무의식의 세계는 깊고 신비롭지만, 그 안에는 우리가 찾고 있는 답과 해결책이 숨겨져 있어. 그것을 탐색하고 이해하는 것은 어렵겠지만, 그만큼 가치 있는 과정이 될 거야."

건강한 정신을 유지하는 법

제　　자 "우리의 경험과 기억이 우리의 정신을 형성한다는 것은 매우 중요한 사실인 것 같습니다. 그리고 그러한 영역에는 무의식적 작용이 숨어있다는 사실도요. 하지만 우리는 우리가 겪는 경험을 전부 통제할 수는 없어요. 그렇다면 제게 다가오는 부정적인 경험을 도대체 어떻게 다뤄야 할까요? 또 그러한 상황에서 우리는 어떻게 우리의 정신을 건강하게 유지할 수 있을까요?"

스　승　"아주 중요한 질문을 했구나. 우리의 정신을 건강하게 유지하는 것은 매일의 작은 습관에서 시작된단다. 부정적인 경험과 기억은 피할 수 없는 삶의 일부야. 하지만 중요한 것은 우리가 그러한 경험을 어떻게 해석하고 대처하는 것이지. 우리는 부정적인 경험에서도 배울 수 있고, 그것을 긍정적인 성장의 기회로 삼을 수 있단다.."

제　자　"그렇군요, 스승님. 그러면 우리는 어떻게 부정적인 경험을 긍정적으로 변환할 수 있을까요? 그 과정이 쉽지는 않게 느껴집니다."

스　승　"그것은 실제로 쉽지 않은 일이지. 하지만 가능한 일이야. 먼저 우리는 경험을 있는 그대로 받아들여야 해. 자기의 단점과 과거의 안 좋은 경험을 결부시켜 새로운 경험을 부정적으로 해석하는 것은 좋지 못한 습관이야. 그저 그것을 독립적으로 받아들이렴. 그 다음에는 그 경험에서 배울 수 있는 교훈을 찾아야 하지. 이 과정에서 중요한 것은 자기 자신에 대한 이해와 자비심을 갖는거야.

제　자　"우리는 완벽하지 않다는 것을 인정한다면, 더 쉽게 실수와 실패에서 무언가를 배울 수 있겠군요. 그렇다면 자기 자신에 대한 이해와 자비심을 어떻게 더 발전시킬 수 있을까요?"

스　승　"또 다시 강조하지만, 자기 자신을 이해하는 것의 본질은 결국 자기 성찰을 통해 자신의 행적과 사고를 되돌아보는 것이야. 우리가 누구인지, 우리의 감정과 생각이 어디에서 오는지를 깊이 생각해보는 것 말이야. 우리의 대부분의 감정적 문제는 그것을 정의하고 인식하면 해결할 수 있단다. 이를 위해서는 언제나 현재 이 순간에 집중하는 연습을 통해 내면의 평화를 유지해야해. 이 방법을 통해 우리는 자기 자신에 대한 이해를 더욱 깊게 할 수 있어."

제　　자 "스승님, 자기 성찰의 중요성은 충분히 이해한 것 같습니다. 자기 성찰 외에도 정신 건강을 유지하는 데 도움이 되는 다른 방법들이 있을까요?"

스　　승 "물론이지. 정신 건강을 유지하기 위해 중요한 것 중 하나는 건강한 생활 습관을 가지는 것이야. 균형 잡힌 식단이나 충분한 수면은 모두 정신 건강에 매우 중요해. 신체와 정신은 매우 긴밀하게 결부되어 있다는 것을 기억하렴. 또한, 스트레스를 관리하는 방법을 배우는 것도 필요하단다. 스트레스가 적절히 관리되지 않으면 정신 건강에 부정적인 영향을 미칠 수 있어."

제　　자 "말씀하신 두 가지 중에, 생활 습관은 제가 대처할 수 있을 것 같아요. 하지만 스트레스를 관리하는 것은 좀처럼 쉽지 않습니다. 스트레스는 어떻게 관리해야 할까요?"

스　　승 "스트레스를 관리하는 방법은 사람마다 다르단다. 누군가에게는 운동이나 취미 활동이 도움이 될 수 있고, 다른 이들에게는 친구나 가족과의 대화가 도움이 될 수 있지. 중요한 것은 스트레스를 인식하고, 그것을 해소하기 위한 자신만의 방법을 찾는 거야. 무엇보다 스트레스를 그냥 흘려보내려고 하지 마렴. 반드시 스트레스를 발생시킨 원인을 분석하고 언어로 표현해야만 해. 인과 관계를 이해함으로써 우리는 그 상황을 수용할 수 있단다. 그리고 항상 변화와 도전에 대해 유연한 태도를 가지는 것도 중요해. 우리 삶의 변화를 받아들이고, 그 속에서 배울 점을 찾는 거야."

제　자 "결국은 분석을 토대로 한 유연한 태도와 변화를 받아들이는 것이 정신 건강에 도움이 된다는 말씀이군요. 앞으로는 삶의 다양한 변화 앞에서 긍정적인 태도를 유지해야겠어요. 긍정적인 태도는 우리에게 힘을 주며, 우리가 어려움을 극복하고 전진하는 데 도움을 주니까요."

스　승 "그렇지. 긍정적인 태도를 유지하는 것은 정신 건강에 매우 중요해. 이것은 부정적인 생각과 감정을 부정하는 것이 아니라, 어려움과 도전 속에서도 희망과 가능성을 찾는 거야. 그러나 이것도 너무 지나치면 문제가 될 수 있으니, 객관적인 긍정성을 유지하는 것이 중요해. 이 모든 것은 균형과 조화를 찾는 것에서 시작된단다."

제　자 "스승님, 객관적인 긍정성이라는 개념은 처음 들어봐요. 객관적인 긍정성을 유지한다는 것이 구체적으로 어떤 것을 의미하나요?"

스　승 "객관적인 긍정성이란, 모든 상황을 낙관적으로만 보려고 하지 않는 것을 의미해. 즉, 상황을 객관적으로 인식하고 냉정하게 대처할 방법을 찾으려는 태도야. 이는 자신의 한계를 인정하고, 필요한 경우에 도움을 요청하는 것도 포함돼. 이것은 우리가 현실을 부정하지 않으면서도, 그 안에서 긍정적인 측면을 찾으려는 균형 잡힌 접근 방식이지. 이러한 태도는 사회적 관계에도 중요해. 사회적 관계가 낙관 편향이 가장 발생하기 쉬운 영역이기도 하고, 사람들과 어떻게 상호작용하느냐는 우리 정신 건강에 큰 영향을 미치니까."

제　　자 "그렇군요. 언제나 스승님의 말씀대로 현상을 있는 그대로 파악하면서 배울 점을 찾는 객관적인 긍정성을 실천하겠습니다. 하지만 한 가지 놀라운 사실은 사회적 관계가 제가 생각한 것 이상으로 제게 영향을 주는 요인이었다는 것입니다. 사회적 관계가 정신 건강에 정확히 어떤 영향을 미칠 수 있나요?"

스　　승 "사회적 관계는 정신 건강에 매우 지대한 영향을 미친단다. 건강한 관계는 우리에게 지지와 사랑을 제공해 줘. 이것은 우리가 스트레스와 어려움을 견뎌내는 데 큰 도움이 돼. 반면에, 독성이 있는 관계나 고립된 상황은 우리의 정신 건강에 부정적인 영향을 미쳐. 인간이 일반적으로 이 상황에서 헤어나오기는 굉장히 어렵단다. 그러므로 우리는 건강한 관계를 유지하고, 필요한 경우 부정적인 관계에서 벗어나는 것이 중요해."

제　　자 "오늘 정말 정신 건강에 대한 가르침을 많이 얻은 것 같습니다. 알게 된 사실들을 대화가 끝난 후 반드시 정리해야겠어요. 마지막으로 정신 건강을 유지하기 위한 가장 중요한 조언을 하나만 더 해주실 수 있나요?"

스　　승 "가장 중요한 것은 자기 자신에게 친절하라는 것이야. 우리 모두는 실수하고, 어려움을 겪는단다. 자기 자신에게 이해심과 자비를 베풀며 자신의 감정과 생각을 존중하는 것이 중요해. 자신을 돌보고 자신의 필요를 존중하는 것이 정신 건강의 기초가 되니까. 항상 네 자신을 존중하고, 네 삶과 네 감정에 충실하도록 해. 무엇보다 자신에게 친절한 것은 우리가 정신적으로 성숙해지도록 돕는단다."

성숙해진다는 것

제　　자 　 "스승님, 저는 요즘 '성숙해진다는 것'이 무엇인지에 대해 많이 생
　　　　　 각하게 됩니다. 성숙해진다는 것은 정확히 무엇을 의미하는 건가
　　　　　 요?"

스　　승 　 "성숙해진다는 것은 단순히 나이를 먹는 것을 넘어서는 개념이야.
　　　　　 그것은 자기 자신과 세상에 대한 깊은 이해와 지혜를 갖는 것을 의
　　　　　 미해. 성숙한 사람은 자신의 감정과 행동을 잘 이해하고 조절할 수
　　　　　 있으며, 타인과의 관계에서 공감과 이해를 보여줄 수 있어."

제　　자 　 "그렇다면 우리는 어떻게 성숙해질 수 있나요? 성숙해지는 과정은
　　　　　 자연스럽게 이루어지는 것인가요, 아니면 노력을 통해 이루어지는
　　　　　 것인가요?"

스　　승 　 "성숙해지는 과정은 자연스럽게 일어나기도 하지만, 동시에 의식
　　　　　 적인 노력과 자기 성찰이 필요해. 우리가 경험하는 모든 사건과 관
　　　　　 계는 우리가 성숙해지는 데 기여할 수 있어. 중요한 것은 경험에서
　　　　　 배우고, 자기 자신과 타인에 대한 이해도를 높이는 것이지."

제　　자 　 "자기 자신에 대한 이해를 높이는 것은 정말 많은 것들과 연결되는
　　　　　 군요. 그렇다면 정신적 성숙을 위해 무엇을 실천해야 할까요?"

스　　승 　 "성숙해지기 위해서는 우선 자신의 감정과 생각이 중립적이라는

것을 인정해야해. 이것은 자기 자신의 장점과 단점을 인정하고, 그 것을 토대로 성장하는 것을 의미한단다. 또한 다른 사람들의 입장 에서 사물을 바라보고, 그들의 감정과 생각에 공감하렴. 이렇게 함 으로써 우리는 보다 포용적이고 이해심 깊은 사람이 될 수 있어."

제 자 "그렇군요. 자기 자신의 감정과 생각이 틀릴 수도 있음을 인지하는 것을 말씀하시는 것이군요. 그렇다면 성숙함은 우리의 인간관계에 도 긍정적인 영향을 미칠 수 있을 것 같아요. 내가 틀릴 수도 있음 을 아는 것은 타인의 입장에서 생각할 수 있다는 뜻이니까요."

스 승 "맞아. 그렇기 때문에 자기 자신의 미숙함을 인정하는 사람은 대인 관계에서 더 균형 잡히고 건강한 태도를 가지게 돼. 이러한 성숙함 이 우리가 타인의 감정을 존중하고, 의사소통에서 더 열린 태도를 갖게 해줘. 결국 더 깊이 있는 관계를 형성하고, 갈등을 건설적으로 해결하는 데 도움이 돼. 이러한 방식으로 성숙함은 우리가 보다 조 화로운 인간 관계를 맺는 데 중요한 역할을 하지."

제 자 "하지만 다양한 스트레스나 문제로 인해 성숙함을 키우는 과정에 서 어려움이나 도전이 있을 수 밖에 없을 것 같아요. 이러한 도전을 겪을 때는 어떻게 대처해야 하나요?"

스 승 "너의 말이 맞아. 성숙해지는 과정은 필연적으로 어려움과 도전을 동반해. 중요한 것은 이러한 어려움과 도전을 성장의 기회로 보는 것이야. 우리가 직면하는 문제들을 해결하려고 노력하는 과정에 서, 우리는 인내심과 탄력성을 기를 수 있거든. 또한 자기 자신의 한계를 인정하고 필요할 때 도움을 요청하는 것도 성숙함의 일부야. 그리고 이러한 성숙함이 자신의 감정을 더 효과적으로 다룰 수 있게 도와준단다."

감정을 대하는 법

제　자 "스승님, 저는 감정을 어떻게 다루어야 하는지 혼란스러울 때가 있습니다. 인간은 도대체 감정을 어떻게 다루어야 할까요?"

스　승 "감정을 다루는 것은 삶의 중요한 부분이야. 우선 모든 감정은 자연스러운 것이며 그것들을 인정하는 것이 중요해. 감정을 억제하거나 무시하는 것은 건강하지 않아. 대신 우리는 감정을 인식하고, 그것이 우리에게 무엇을 말해주려고 하는지 이해하려고 노력해야 해."

제　자 "말씀하신 것들이 전부 생소한 개념이에요. 저는 아직 감정이라는 영역을 다루기에는 미숙한가봐요. 감정을 인식하고 이해한다는 것이 무엇을 의미하나요?"

스　승 "감정을 인식하고 이해한다는 것은 우리가 느끼는 것을 그대로 받아들이는 것을 의미해. 예를 들어 슬프거나 화가 날 때, 그 감정을 있는 그대로 인정하는 거야. 억지로 잠재우려 하지 않고 말이야. 그 다음에는 그 감정이 왜 생겼는지 고민해봐. 그리고 그것이 우리에게 어떤 메시지를 주는지 고민해봐야 해."

제　자 "감정을 잠재우려 하지 말라구요? 저는 이성을 통해 감정을 통제할 수 있다고 알고 있어요. 그저 감정을 인정하고 이해하는 것에서 만족하는 것은 조금 수동적인 방식처럼 느껴져요. 능동적으로 감정을 제거하는 것이 더 효과적이지 않나요?"

스　승　"아니야. 감정은 우리가 의식적으로 잠재울 수 없어. 오히려 그것을 억지로 통제하려고 애쓰면, 우리를 괴롭히는 감정이 점점 더 커질거야. 신체로 감지하는 감각들을 통제할 수 없는 것처럼, 감정의 발생과 진정 역시 우리가 의도적으로는 조정할 수는 없단다."

제　자　"하지만 저는 감정을 통제할 수 있는 방법들을 많이 배워왔어요. 다른 자극을 주거나, 격렬한 신체 활동을 하는 것처럼 말이에요."

스　승　"그건 감정을 통제하는 개념이 아니야. 그저 의식의 집중을 다른 방향으로 환기시켜 잊게 만드는 거지. 그건 오히려 도피에 가깝단다. 그런 방식이 갖는 문제점은 같은 감정이 다시 발생했을 때에 올바른 방식으로 대처하지 못한다는 것에 있어."

제　자　"그럼 도대체 감정은 어떻게 다뤄야 하는 것인가요?"

스　승　"말했듯이, 인식하고 이해하는 것이 최고의 방법이란다. 흔히 사람들이 감정을 조절해야 한다고 흔히들 말하는 이유는, 감정에 우리의 행동이 영향받지 않게 하기 위해서란다. 감정이 무엇으로부터 왔는지 이해하면 우리는 그 감정을 수용할 수 있게 돼. 그러면 그 감정을 냉정히 지켜볼 수 있어. 예를 들어 화가 날 때 그 감정이 어디서 왔는지 이해하고, 이를 자기 자신에게 적절히 표현한다면 우리는 충동적으로 행동하지 않게 돼. 그럼 그저 그 감정의 근원과 느낌을 객관적으로 바라볼 수 있게 되지. 우리가 감정을 이해하면, 이처럼 우리의 행동을 좀 더 의식적이고 건강하게 만들어 줄 수 있단다. 이것이 우리가 건강하게 감정을 표현하는 방식이야."

제　자　"그렇군요. 감정을 왜 인식하고 이해해야 하는지 조금은 알 것도 같습니다. 말씀하신 내용과 관련하여 추가 질문이 있는데요. 방금 감정을 자기 자신에게 적절히 표현해야 한다고 말씀하셨는데 이것이 정확히 어떤 개념인가요? 특히 마지막에 말씀하신 건강한 감정 표현이라는 개념이 잘 이해가 가지 않습니다."

스　승　"그건 바로 감정을 언어화하는 거야. 일반적으로 감정은 굉장히 추상적인 방식으로 우리에게 전달된단다. 그래서 그것을 느낌만으로 이해하기는 굉장히 어려워. 그래서 우리는 감정을 언어로 표현해야만 해."

제　자　"그럼 그것은 언어로 감정을 명확히 '정의'하는 개념이군요. 정의하게 되면 인식할 수 있고, 인식하고 생각하면 결국은 이해할 수 있게 될테니까요. 이제 알겠어요. 앞으로는 제 감정을 명확히 언어화해보겠어요. 감정을 언어화하려면 아무래도 글을 쓰는 것이 가장 좋은 방법이겠죠?"

스　승　"글을 쓰는 방법을 포함해 굉장히 다양한 방법들이 있단다. 예를 들면 대화를 통해 누군가에게 표현할 수도 있을거야. 자신의 감정을 솔직하게 표현하는 것도 중요하니까. 너의 말처럼 작문 활동을 통해 감정을 표현하는 방법도 있을 수 있어. 무엇이 되었건 본질은 자신이 인지할 수 있는 언어로 명확히 표현하는 거야. 이를 통해 자기 자신에 대한 이해를 높일 수 있단다."

제　　자　"알겠습니다. 스승님. 오늘 나눈 대화들을 명심해 반드시 제 삶에
　　　　　적용하도록 노력할게요."

스　　승　"우리가 나눈 대화들이 부디 도움이 되길 바란다. 인생은 신비로운
　　　　　여행이야. 각자가 자신만의 길을 걷게 되지. 네가 겪은 모든 경험,
　　　　　네가 느낀 모든 감정은 너 자신을 더 깊이 이해하는 데 필요한 교훈
　　　　　이 되어줄 거야. 너의 길을 걸어가며, 항상 마음의 눈을 열고 세상
　　　　　을 바라보렴. 네 안의 지혜가 너를 올바른 길로 인도할 거야. 그리
　　　　　고 언제나 기억하렴, 너는 결코 혼자가 아니야."

　사찰의 정원에서 스승과 제자의 교감은 서서히 그 막을 내리고 있습니다. 황
금빛으로 물든 나무들 사이로 흘러드는 마지막 햇살이 그들의 심오한 사색을
부드럽게 비춥니다. 오늘의 대화는 정신의 신비로운 본질에 대한 깊은 탐구로
가득 채워졌으며, 둘은 각자의 내면에 새로운 통찰을 더했습니다.

　스승은 잔잔한 연못에 비친 자신의 모습을 바라보며, 세상과 정신의 미묘한
연결에 대해 생각에 잠깁니다. 제자 역시, 이 고요한 정원에서의 대화가 자신
의 이해와 사유를 어떻게 확장시켰는지 묵상합니다. 정원에는 이제 가을바람
만이 살랑이며, 떨어진 낙엽들 사이로 대화의 여운이 서려 있습니다.

　그들이 사유했던 공간은 다시 평온한 침묵을 되찾습니다. 스승과 제자는 각
각의 길을 따라 조용히 사찰을 떠납니다. 그들의 발걸음은 새로 얻은 깨달음을
반영하듯 무거운 사색의 묵직함을 담고 있습니다. 정원은 마치 시간이 멈춘 듯

한 고요함 속에서, 그들이 나눈 깊은 대화의 잔향을 간직하고 있습니다. 이들의 대화는 끝났지만, 정신의 깊이에 대한 그들의 탐구는 영원히 지속될 것입니다.

03

사랑에 관하여

사랑하는 연인

03

사랑에 관하여
사랑하는 연인

해안 마을의 한적한 밤, 별빛이 흐드러진 하늘 아래, 연인인 소피아와 알렉스는 작은 정원의 벤치에 조용히 앉아 있습니다. 이곳은 그들에게 의미 있는 장소입니다. 많은 대화와 소중한 고백이 오갔던 곳이기 때문이지요.

소피아는 알렉스를 바라보며 따뜻한 미소를 지어 보입니다. 그녀의 눈빛은 별빛만큼이나 반짝입니다. 그녀의 마음 깊은 곳에서 울려 퍼지는 사랑의 감정은 알렉스에게도 고스란히 전해집니다.

알렉스는 소피아의 손을 부드럽게 잡으며, 그녀의 눈동자 속에 비친 자신의 모습을 바라봅니다. 그는 소피아와의 시간 속에서 자신이 어떻게 변화했는지, 사랑이 자신의 삶에 어떤 의미를 부여했는지를 생각합니다.

그들은 서로의 눈을 깊이 바라보며, 사랑이라는 감정이 인간의 삶에 어떤 영향을 미치는지 그리고 그것이 각자의 감정과 행동에 어떻게 영향을 미치는지에 대해 깊이 있는 대화를 나눌 것입니다. 소피아와 알렉스의 대화는 사랑의 본질과 그 의미를 탐구하며, 그들의 관계가 어떻게 서로의 성장과 자기 발견에 기여했는지를 드러냅니다.

　따스한 별빛 아래에서 그들은 사랑에 관한 가장 진솔하고 따뜻한 대화를 나눕니다. 그들은 먼저 사랑이라는 주제에 대한 깊은 탐구를 시작합니다.

사랑이란

알 렉 스　"소피아, 우리가 벌써 만난 지 7년이 넘어가네. 그동안 나는 너를 만나서 너무도 행복했어. 난 최근에 사랑에 대해 많이 생각해 봤어. 사랑은 대체 무엇일까? 오해는 하지 말아. 이 질문에 별다른 뜻은 없어. 그저 사랑이 무엇인지 너와 대화를 나눠보고 싶을 뿐이야"

소 피 아　"고마워, 알렉스. 나도 너를 만나서 행복했어. 사랑이 무엇이냐고 묻는다면, 나는 단순히 누군가에 대한 감정이나 애착 이상의 것이라고 생각해. 나는 사랑이 서로에게 자신의 존재성을 각인시키고, 서로의 존재를 인정하며 성장하는 과정이라고 봐. 그러니까 사랑과 성장은 서로 깊게 연관되어 있는 거지."

알 렉 스　"그렇구나. 하지만 성장은 사랑을 이루는 일부에 불과하다고 생각해. 성장하지 않았다고 사랑하지 않은 것은 아니니까. 좀 더 넓게 생각하면, 사랑은 서로를 이해하고 받아들이는 과정인 것 같아. 성장은 그저 따라올 뿐이지."

소 피 아   "음..이해하고 받아들이기만 하면 그것을 사랑이라고 할 수 있을까? 나는 너 뿐만 아니라 다양한 사람을 적극적으로 수용해. 그들의 의사를 존중하고, 받아들이지. 그렇다면 나는 그 모든 사람을 사랑하는 것일까? 그건 아닌 것 같아. 정확히 말하면, 나는 사랑이 단지 행위의 개념에 속하지는 않는 거 같아. 행위보다는 좀 더 정신적인 개념에 속한다고 느껴져."

알 렉 스   "그럼 그 정신적인 개념은 무엇일까? 누군가와 교감할 때, 자연스럽게 발생하는 감정인 건가? "

소 피 아   "아마도..그럴 것 같아. 서로의 마음을 나누고, 깊은 이해와 공감을 통해 발전하는 감정인 거지. 그것은 말로 설명하기 어려운 깊고 복잡한 감정이야. 하지만 분명한 건, 사랑은 단순한 호감이나 애착을 넘어서는 거대한 감정의 영역이라는 거야. 서로의 깊은 내면을 이해하고 공유하는 거지."

알 렉 스   "그렇다면, 사랑은 각자의 내면 깊은 곳에서 비롯되는 감정이고, 그 감정이 사랑하는 사람과의 교감을 통해 더욱 깊어지고 풍부해지는 거네. 사랑하는 것은 결국 서로의 내면을 탐험하고, 그 과정에서 서로를 더 깊게 이해하게 되는 과정이라고 볼 수 있겠어."

소 피 아   "맞아. 그래서 사랑은 단순히 느끼는 것이 아니라, 함께 경험하고 성장하는 것이야. 서로를 위해 노력하고, 때로는 타협하며, 서로의 삶에 긍정적인 영향을 주는 것. 그것이 바로 사랑의 진정한 의미라고 생각해."

알 렉 스   "그렇다면 진정한 사랑을 경험하기 위해서는 무엇이 필요할까?"

소 피 아   "우선, 자기 자신을 이해하고 사랑하는 것이 중요해. 자기 자신을 충분히 이해하고 존중할 때, 타인을 진정으로 이해하고 존중할 수 있으니까. 그리고 상대방과의 관계에서 자신을 잃지 않으면서 상대방을 진심으로 존중하는 태도가 필요해."

알 렉 스   "그렇군. 그러니까, 사랑은 결국 자기 자신과의 관계에서 출발하는 거네. 나 자신을 이해하고 사랑할 때, 비로소 다른 사람을 진정으로 사랑할 수 있는 거지?"

소 피 아   "맞아. 사랑은 두 사람이 서로를 향해 걸어가는 과정이야. 그 과정에서 중요한 건 서로의 개별성을 인정하고, 서로를 통해 더 나은 자신이 될 수 있는 기회를 제공하는 거지."

알 렉 스   "개별성을 인정한다는 것이 정말 중요한 것 같아. 솔직히 말해 나는 내 기준에서 너에게 기대한 부분이 많았어. 하지만 가끔은 너가 기대와 다른 모습을 보여 실망할 때도 있었지."

소 피 아   "사랑에서 기대는 당연한거야. 내가 좋아하는 누군가를 이상화하는 것은 어찌보면 당연한 일이거든. 하지만 그 기대가 상대방을 제한하거나 압박하는 형태로 변해서는 안 돼. 오히려 서로를 이해하고 지지하는 방향으로 기대가 형성되어야 해. 우리는 상대방이 우리가 원하는 대로 변하길 바라기보다는, 서로가 각자의 길을 걸으며 함께 성장하길 바라야 한다고 생각해."

알 렉 스   "사랑에 있어서 서로에 대해 기대하는 것이 서로를 더 잘 이해하고 지지하는 것이라면, 그런 의미에서 사랑은 끊임없는 소통과 이해의 과정이라고 볼 수 있겠네."

소 피 아   "정확하게 말해, 사랑은 상대방을 있는 그대로 받아들이는 것이라
고 생각해. 우리는 서로를 변화시키려 하기보다는 서로의 참모습
을 받아들이고, 그 안에서 함께 성장해 나가야 해. 그것이 사랑에서
가장 중요한 거야. 동시에 자기 자신을 드러내는 것도 중요한 것 같
아."

알 렉 스   "확실히 자기 자신을 온전히 드러내는 것도 사랑의 좋은 면모인 것
같아. 나는 너와 있게 되면 나 자신의 솔직한 모습을 자연스럽게 드
러낼 수 있어. 이건 세상에서 오직 너에게만 드러나는 나의 모습이
야."

소 피 아   "고마워. 그만큼 내가 너에게 소중한 사람이 된 것 같아서 기쁘네.
우리는 같이 시간을 보내며 우리는 서로를 더 깊이 이해하게 되었
어. 나도 너와 함께 경험한 모든 것을 소중하게 생각해."

알 렉 스   "소피아, 그런데 사랑이라는 감정은 시간이 지나면서 변할 수도 있
잖아? 우리는 그 변화를 어떻게 받아들여야 할까?"

소 피 아   "사랑은 시간과 함께 변화하는 것이 당연해. 중요한 것은 그 변화를
두려워하지 않고 받아들이는 거야. 사랑은 처음에는 열정적인 감정
에서 시작하지. 하지만 점차 서로를 더 깊이 이해하고 존중하는 관
계로 발전해야 해. 그 과정에서 사랑은 더욱 의미 있고 깊어질 수
있거야."

알 렉 스   "그렇군, 사랑은 발전하고 성숙해지는 과정이라는 것이구나. 그런
의미에서 사랑은 단지 감정의 문제가 아니라, 지속적인 관계 구축
과 유지의 문제인 것 같아."

소 피 아　　"그 과정에서 사랑은 계속해서 노력하고 헌신하는 것을 요구하겠지. 우리는 서로에 대한 이해와 소통을 지속적으로 발전시켜 나가야 하고, 변화하는 각자의 필요와 기대에 맞춰 서로를 지지해야 해."

알 렉 스　　"확실히 그렇게 함으로써 우리는 서로의 삶을 더욱 풍요롭게 만들 수 있을 것 같아."

소 피 아　　"그래, 사랑은 서로의 삶을 더욱 아름답게 만들어. 서로의 존재를 인정하고 각자의 길을 함께 걸으며, 서로에게 긍정적인 영향을 주는 것. 그것이 사랑의 진정한 의미야."

사랑의 단계

알 렉 스　　"소피아. 우리가 처음 만났을 때 우린 너무도 풋풋했어. 처음엔 너를 좋아한만큼, 너가 참 어려웠었지."

소 피 아　　"초반에 넌 정말 귀여웠어. 그때는 서로에 대해 잘 몰랐지. 서로 잘 안다고 생각했지만 말이야. 데이트를 하면서 서로에 대해 잘 알게 되고 우리의 관계는 더 깊어졌지. 너는 처음에 나를 왜 좋아했어?"

알 렉 스　　"그땐 솔직히 말해 너의 외적인 아름다움에 끌렸었어. 너는 어디서든 제일 빛났었지. 너는 나에게 광원이었어. 아름다운 빛을 내뿜는. 하지만 사실 너라는 사람은 잘 몰랐던 것 같아. 단순한 외적인 매력이 아닌 진정한 마음으로부터 너를 좋아하게 된 것은 너의 내면을 이해하고 공감하게 된 이후야."

소 피 아 　"그런 관점에서 사랑이라는 감정이 굉장히 복잡하고 다층적인 것
　　　　　같아. 상대에 대한 정보가 쌓여가며 공감 수준이 올라갈수록, 같이
　　　　　보내는 시간이 많아질수록, 우리는 서로를 더 편하게 느끼면서 서
　　　　　로를 위하는 마음인 배려심이 더 커져. 그 과정에서 설렘에서 편안
　　　　　함으로 서로에 대한 느낌이 변화했지만, 그럼에도 우리가 서로 사
　　　　　랑한다는 사실은 변하지 않은 것 같아. 사랑의 형태가 변한 것에 가
　　　　　깝다고 생각해."

알 렉 스 　"소피아, 나는 우리 관계가 성숙해지면서 사랑의 다양한 단계를 경
　　　　　험한 것이 너무 기뻐. 이건 신이 인간에게 준 선물같아. 나는 사랑
　　　　　을 통해 인생에서 느낄 수 있는 다양한 감정들을 느낀 것을 행운이
　　　　　라고 생각해."

소 피 아 　"사랑이 성숙해지면서 우리는 서로의 강점과 약점을 모두 받아들
　　　　　이게 되었고, 그 과정에서 서로에 대한 신뢰와 존중이 더욱 깊어졌
　　　　　지. 사랑이 단순히 감정적인 끌림을 넘어서 서로의 성장을 도와주
　　　　　는 관계로 발전한 거야."

알 렉 스 　"그렇지. 나의 경우에는 너에 대한 애착이 타인에 대한 이해 범위를
　　　　　확장시켰어. 완전히 다른 세계관을 가졌던 우리가 서로의 세계관을
　　　　　받아들이게 되었으니까. 사랑이 아니었다면 다른 세계관을 수용할
　　　　　수 있었을까? 그렇게 서로의 세계관을 수용하며 이해하려 했기 때
　　　　　문에 감정적으로 성숙해졌다고 생각해."

소 피 아 　"그렇게 우리는 서로를 통해 삶의 더 큰 의미와 목적을 발견하게 되

는 것 같아. 알렉스. 오랜 기간 애정과 다툼을 교환하면서, 우리는 서로를 단순한 연인 이상으로 보게 되었어. 지금은 서로가 삶의 동반자이자, 서로의 성장을 돕는 멘토 같은 존재가 되었다고 생각해."

알 렉 스   "고마워. 멘토 같은 존재라니. 나는 항상 너에게 배우기만 한 것 같은걸. 확실한 건 우리의 관계가 깊어짐에 따라, 사랑은 단지 감정적인 차원을 넘어섰다는 거야. 우리는 서로의 삶에 깊이 관여하고, 서로의 목표와 꿈을 지지하게 되었어. 이것이 사랑의 가장 성숙한 형태라고 생각해."

소 피 아   "그렇지. 지금의 우리는 서로에 대한 이해와 무한한 지지를 자연스럽게 여겨. 우리는 서로의 삶을 풍부하게 만들고, 서로가 직면하는 어려움을 함께 극복해 나가고 있어. 나도 우리가 함께 겪고 있는 이 관계 방식이 진정한 사랑이라고 믿어."

사랑으로 인한 변화

알 렉 스   "사랑은 그러한 점에서 마치 우리의 내면을 확장시켜주는 촉매 같아. 나는 너가 가진 관심사와 사고를 접하면서 새롭고 다양한 사실을 깨달았어. 이건 나의 가치관을 바꾸기도 했지."

소 피 아   "나도 알렉스 너로 인해 새로운 관심사가 생겼어. 아까 너가 넌지시 말한 것처럼 사랑은 접하지 않았을 새로운 세계관과 관심사를 받아들이게 해. 예를 들어, 나는 너한테 서핑을 배웠지. 그리고는 푹

빠져버렸어. 하지만 만약 내 친구들이 나에게 서핑을 배워보라고 말했더라면 나는 들은 척도 안했을 거야. 사랑은 이처럼 새로운 영역으로 우리의 인식과 관심을 확장시켜주는 것 같아. 너는 나로 인해 어떤 가치관이 바뀌었어?"

알 렉 스   "너로 인해 가치관이 바뀐 적은 많아. 그 중에서 가장 기억나는 건 바로 재작년 여름이야. 우리 바닷가로 여행 갔던 것 기억나?"

소 피 아   "응. 물론이지. 그걸 어떻게 잊어버리겠어?"

알 렉 스   "나는 그때 바다를 바라보며 너와 함께 시간을 보낸 것을 잊을 수 없어. 나는 그전까진 항상 바쁘게만 살아가면서 중요한 것들을 잊고 살았던 것 같아."

소 피 아   "지금 생각하면 그때의 넌 무언가에 쫓기고 있었던 것 같았어. 마치 일과 휴식을 분리하지 못하는 것처럼 말이야."

알 렉 스   "하지만 너와의 그 시간들을 통해, 나는 내 삶에서 정말 중요한 것이 무엇인지 깨달았어. 네가 나에게 가르쳐 준 것은 '현재를 살아가는 것의 가치'였어. 며칠 동안 너와 함께 있으면서 여행을 즐기는 너의 태도를 자연스럽게 습득하게 된거야. 너는 내게 현재의 순간을 소중히 여기고, 사랑하는 사람들과의 시간을 진심으로 즐기는 법을 알려주었어. 지금은 더 이상 무의미한 바쁨에 치여 사는 대신, 지금 이 순간을 소중히 여기려고 노력하고 있어. 너 덕분에 나는 변한 거야. 소피아."

소 피 아   "나도 그래. 너를 만나기 전에는 감정 표현에 서툴렀어. 널 처음 만났을 때에도 너에게 마음을 잘 표현하지 못했었지. 하지만 너와 함께서, 나는 사랑이 인생에서 얼마나 중요한지 그리고 그 사랑을 어떻게 표현해야 하는지 배웠어. 그렇게 너는 나의 가치관을 변화시키는 존재가 되었지."

알 렉 스   "나도 그래. 소피아. 우리가 함께할 때, 더 나은 사람이 될 수 있다는 걸 느껴. 너는 나를 더욱 긍정적이고 더욱 열정적으로 만들어 줘."

소 피 아   "그리고 내가 너와 만나면서 관계에 대한 특별성을 직감한 순간은 바로 너와 함께하면 나는 무엇이든 이겨낼 수 있다는 자신감을 느낄 때야. 물론 역경도 많았지. 하지만 그런 역경조차 너는 이해하고 같이 해결하려는 의지가 있다는 걸 지금은 알고 있어. 지금은 너가 어떤 상황에서도 나를 지지해준다는 걸 믿어 의심치 않아."

알 렉 스   "너를 사랑하는 이상, 너에 대한 무조건적인 지지는 나의 의무야. 언제든지 나는 너의 편이 되어줄 수 있어."

소 피 아   "너의 마음이 지금 너무도 와닿아. 너가 주는 지지로 인해 내 존재 감이 점점 더 커져가는 것만 같아."

알 렉 스   "모든 연인들이 그렇게 생각할 수도 있겠지만 특히 우리의 사랑은 정말 특별해. 우리는 서로를 돕고, 서로를 이해하고, 서로의 삶을 더 나은 것으로 만들었어."

소 피 아   "사랑은 우리가 서로에게 보여주는 가장 순수한 모습 같아. 너와 있을 때, 나는 가장 진짜 '나'가 되는 것 같아. 너는 나에게 진실된 자아를 드러낼 수 있는 용기를 줘. 너와 함께할 때, 나는 내가 얼마나 행복한지 깨닫게 돼."

사랑으로 인한 갈등과 고통

알 렉 스 "하지만 우리가 처음 만났을 때의 그 순간들을 생각해 보면, 사랑의
시작이 항상 아름답지만은 않았던 것 같아. 우리 사이에는 오해와
갈등도 많았어. 우리가 처음 싸운 때가 기억나?"

소 피 아 "그래. 내가 아프다고 하는데도 너가 나를 이리저리 데리고 다녀서
싸웠지. 처음에는 서로를 잘 몰라서 생기는 불안과 오해가 많았어.
물론 지금은 너를 이해해. 그때의 너의 행동이 나를 더 즐겁게 해주
고 싶은 마음에서 그랬다는 것을 아니까. 확실히 우리는 그 사이 더
많이 알게 되었어."

알 렉 스 "사랑을 처음 시작할 때는 두려움과 불확실성이 컸어. 솔직히 사소
한 잘못에도 너와 관계가 틀어질까 전전긍긍한 적도 많아. 서로에
대한 신뢰를 쌓는 데 시간이 걸렸지. 하지만 그런 시간들이 있었기
에 우리 관계는 더욱 성숙해질 수 있었어."

소 피 아 "사랑은 가끔은 고통스러운 것 같아. 서로를 좋아하는 만큼 기대하
는 마음도 크지만, 기대가 완전히 충족될 수는 없거든."

알 렉 스 "확실히 우리가 처음 교제하기 시작했을 때, 서로에 대한 기대가 때
때로 우리를 실망시키기도 했어. 우리 각자가 생각했던 이상적인
관계의 모습과 현실 사이에 차이가 있었으니까."

소 피 아 "그렇지. 나도 그걸 느꼈어. 우리는 서로를 이상화하려고 했었고,
그것이 서로를 오해하게 만들었지. 하지만 그러한 오해와 실망을
통해 우리는 서로를 더 있는 그대로 받아들이게 되었잖아?"

알 렉 스 　"맞아, 그 과정에서 우리는 서로에 대해 더 많은 것을 배웠어. 사랑이라는 것이 항상 완벽하지 않다는 것, 그리고 진정한 사랑은 서로의 불완전함을 받아들이고 그 안에서 성장하는 것임을 깨달았지.

소 피 아 　"우리는 그러한 경험을 통해 서로에 대한 이해하고 존중하는 능력을 향상시킬 수 있었던 것 같아"

알 렉 스 　"너와의 관계에서 배운 것 중 하나는, 사랑이 항상 쉽지만은 않다는 거야. 사랑은 우리를 시험하고, 서로의 차이와 한계를 드러내지."

소 피 아 　"맞아. 하지만 그럼에도 우리는 서로를 포기할 수 없는 이유들을 갖추었어. 그래서 그 과정이 쉽지만은 않더라도 우리는 서로의 차이를 인정하고 그 안에서 조화를 찾아야만 했지. 그런 역경에도 우리를 일어서게 하는 것이 사랑의 진정한 힘인 것 같아."

알 렉 스 　"너무도 다른 환경에서 살아온 우리가 이토록 서로 이해할 수 있다는 사실이 너무 신기해. 이건 아마도 우리가 서로를 진정으로 소중히 여기고 있기 때문이겠지."

앞으로의 사랑

알 렉 스 　"소피아, 앞으로의 우리는 과연 어떻게 될까? 우리의 미래에 대해서 생각해본 적 있어?"

소 피 아 　"사랑은 정말 복잡한 감정이야, 알렉스. 우리가 서로에게 느끼는 사랑은 아름답고 숭고한 면이 있지만, 동시에 예상하지 못한 고통의 순간들도 있었어. 그래서 우리의 미래가 어떻게 될지는 모르겠어. 사랑이 우리를 어디로 이끌지, 그건 절대 확실하지 않으니까."

알 렉 스 "맞아. 우리가 서로를 사랑하는 것은 분명하지만, 사랑은 예측할 수 없는 변화를 내포하고 있어. 마음은 우리가 의도적으로 예측하거나 조정할 수 없어. 그래서 우리의 사랑이 앞으로 어떤 모습으로 다가 올지, 어떤 시험을 줄지는 몰라."

소 피 아 "그렇지만 알렉스, 우리의 사랑은 그동안의 모든 어려움을 견뎌왔 잖아. 미래에 대한 불확실성 속에서도, 우리는 서로를 믿고 서로의 힘이 되어왔어. 난 그래서 우리의 사랑이 무언가의 결실로 연결될 것 같은 느낌이 들어. 예를 들면, 결혼 말이야."

알 렉 스 "그렇지만, 결혼과 같은 중대한 결정은 또 다른 차원의 약속이 될 거야. 결혼은 분명 우리 사이에 새롭고 희망찬 감정을 부여할 수 있 겠지. 하지만 동시에, 우리는 새로운 책임과 의무를 부여하게 돼. 결혼이 사랑의 결실로 꽃피워질 수도 있겠지만, 다양한 요인들로 인해 우리가 앞으로 어떻게 될지는 여전히 미지수로 남아 있는 것 같아."

소 피 아 "그건 나도 동의해. 우리의 사랑은 함께 겪어온 시련의 순간들로 이 루어져 있었어. 그 과정에는 정말 많은 변수가 있었지. 우리의 사랑 이 앞으로 어떻게 발전할지는 예측할 수 없는 영역이라고 생각해."

알 렉 스 "그래. 그러나 우리가 앞으로 어떻게 될지 모르는 것은 사실이지만, 우리의 사랑은 그 불확실성 속에서도 우리를 하나로 묶어주는 힘이 될거야."

소 피 아 　"그 과정에서 우리가 어떤 결정을 내리든, 우리 사이의 사랑의 본질은 변하지 않을 거라고 생각해. 결국 우리의 사랑은 함께 만들어가는 것이니까."

알 렉 스 　"맞아, 소피아. 우리의 사랑은 우리가 함께 만들어가는 우리만의 숭고한 여정이야. 우리가 앞으로 어떤 길을 걸어갈지는 모르겠지만 한 가지 확실한 건, 너와 함께라면 그 길이 어떤 길이든 함께 걸어갈 준비가 되어 있다는 거야. 우리의 사랑은 앞으로도 함께 하는 모든 순간을 통해 계속해서 성장하고 발전할 거야."

소 피 아 　"결국 우리 삶은 더 아름다워질거야. 사랑은 우리 삶을 더욱 가치 있고 특별하게 만들었어. 시간이 지나도 변치 않고 너를 사랑할게. 알렉스."

알 렉 스 　"소피아, 우리가 함께한 모든 순간들이 나에겐 선물 같아. 너와의 사랑은 내 삶을 더욱 아름답고 의미 있게 만들어줘. 너와 함께한 모든 순간이 우리를 행복하게 해주었어. 앞으로도 너를 사랑할게. 소피아"

　해안 마을의 아름다운 풍경에서 조용히 앉아 있는 소피아와 알렉스의 대화는 마무리됩니다. 그들은 사랑이 각자의 삶에 미친 영향에 대해 깊이 있는 회고를 나누었습니다. 소피아의 눈빛은 별빛처럼 빛나며, 알렉스는 그녀와의 모든 순간이 자신을 변화시키고 성장시켰음을 깨닫습니다.

　그들은 서로의 눈을 깊이 바라보며 사랑의 본질과 그 의미를 공유합니다. 그들의 대화는 사랑에 관한 가장 진솔하고 따뜻한 순간으로 기억될 것입니다.

소피아와 알렉스의 사랑이 앞으로 어떻게 될지는 모릅니다. 하지만 소피아와 알렉스는 이제 서로에 대한 깊은 이해와 존중을 바탕으로 더욱 단단한 관계를 이어갈 준비가 되어 있습니다. 아름다운 별빛 아래에서 그들의 사랑은 계속해서 그들을 인도하고, 삶을 더욱 풍요롭게 만들 것입니다.

04

성공에 관하여

아버지와 아들

04

성공에 관하여
아버지와 아들

늦은 오후, 돈독한 관계를 갖고 있는 아버지와 아들이 오래된 저택의 서재에서 만났습니다. 서재는 오래되었지만 빛나는 통찰을 제공하는 책으로 가득 차 있습니다. 조그마한 서재 안에 고요하고 신비로운 분위기가 공간에 깊이와 무게를 더합니다.

아버지는 경험 많은 사업가로서, 자신의 삶과 경험에서 우러나오는 지혜를 아들에게 전해주려 합니다. 반대로 아들은 젊은 기업가로서, 아버지의 성공에 대해 깊은 호기심을 갖고 있습니다. 이제, 이 서재는 세대를 넘어서는 지식과 경험의 교환 장소로 변모할 것입니다.

해가 지면서 서재는 점점 어두워지고, 지적인 분위기가 더욱 짙어집니다. 아버지와 아들은 의자에 편안히 앉아, 성공의 본질에 대한 깊이 있는 대화를 나누기 위해 준비합니다. 이들의 대화는 성공을 정의하며 성공에 대한 다양한 관점을 탐구하고, 올바른 성공을 추구하는 데 도움을 줄 것입니다.

성공의 본질

아　　들　"아버지, 아버지는 사업가로서 큰 성공을 이루셨잖아요. 사람들은 성공을 말할 때 다양한 기준을 들던데, 아버지가 생각하시기에 성공이란 정확히 무엇인가요?"

아 버 지　"나도 네 나이 때에는 성공에 대한 고민이 정말 많았지. 많은 시행착오 끝에 수많은 경험을 겪고 깨달은 것은 성공의 기준이 사람마다 다르다는 것이란다. 나에게 성공이란, 열정적으로 일하며 만족을 느끼는 것과 내 가족이 행복하게 사는 것이었어. 물론 사업에서 좋은 성과를 거두는 것도 성공의 일부였지만, 내게 더 중요한 것은 나와 내 가족이 우리의 삶에서 행복을 느끼는 것이었지. 성공은 단순히 경제적인 부분을 넘어서는 개념이라고 생각해."

아　　들　"아, 그렇군요. 저는 아직 젊은 기업가로서 성공에 대해 많이 고민하고 있어요. 저에게 성공이란 사업에서 높은 성과를 달성하는 것으로 느껴져요. 하지만 아버지의 말씀을 듣고 보니, 성공의 의미는 더 넓은 것 같네요."

아 버 지　"맞아, 성공은 단순히 사업에서의 성과에 국한되지 않아. 중요한 것은 네가 얼마나 너 자신이 중요시하는 가치에 충실하면서 살고 있는지야. 네가 진정으로 열정을 가지고 있는 것에 몰두하고, 그 과정에서 만족감을 느낀다면, 그것이 바로 너에게 있어 진정한 성공이지. 성공은 네가 추구하는 가치와 목표에 달성하는 과정에 있는 거야."

| 아 들 | "성공을 위해선 제가 정말로 중요하게 생각하는 것에 집중해야 한다는 거군요. 그럼 성공을 이루기 위해선 제 삶에서 본질적으로 더 중요한 것들을 우선시하는 태도가 필요하겠네요." |

아 버 지   "그렇단다. 하지만 단순히 가치와 목표에 집중하는 것만으로는 성공할 수는 없어. 성공을 위해서는 끊임없는 학습과 개선이 필요해. 네가 무엇을 하는지, 왜 그것을 하는지에 대해 항상 생각하며, 실제로 그것들을 성취하기 위해 몸을 움직이며 실천해야만 해. 그리고 네가 설정한 목표에 도달하기 위해 필요한 지식과 기술을 계속 발전시켜야 하지. 이러한 과정에서 열정은 네가 어려움을 극복하고, 목표를 향해 나아가는 데 핵심적인 역할을 할거야."

아 들   "가치와 목표에 집중하며 제가 진정으로 열정을 가지고 있는 일을 찾고, 그것에 전념한다면 그것이 바로 성공으로 가는 길이군요. 그런데 아버지, 그런 과정을 실행하는 것이 좀처럼 쉽지는 않아요. 예를 들면. 나태함 때문이요. 그리고 사업을 하면서도 종종 불확실성과 고민에 직면하곤 해요. 이런 어려움은 어떻게 해결해야 할까요?"

아 버 지   "성공의 길은 결코 쉽지 않아. 필연적으로 수많은 어려움이 발생하지. 중요한 것은 네가 직면하는 어려움들을 어떻게 대처하느냐야. 어려움을 단지 문제라고 생각하지말고, 신호라고 생각하렴. 그렇다면 그 어려움들로부터 지혜를 얻게 될거야. 그것들을 극복하는 과정에서 필연적으로 유용한 경험과 지식을 얻기 때문이지. 이렇게 너의 가치와 목표에 집중하면서 어려움을 넘어서는 것 이야말로 진정한 성공으로 가는 길이란다."

아　　들　"이해했어요. 그렇다면 성공을 달성한 후에는 어떻게 해야 할까요? 성공을 유지하고 발전시키는 것도 중요하다고 생각해요."

아 버 지　"성공을 달성한 후에는 자만에 빠지지 말고, 항상 겸손한 태도를 유지해야 해. 성공이 지속적으로 유지되는 경우보다 그렇지 않은 경우가 훨씬 많거든. 네가 이룬 성공을 유지하고 발전시키기 위해서는 계속해서 새로운 것을 배우고, 변화하는 시장과 기술에 적응해야 해. 또한 네가 이룬 성공을 다른 사람들과 나누고, 사회에 기여하는 것도 중요하지. 그것이 성공을 유지하는 방법이야. 하지만 기억해야 할 것이 하나 있어. 성공은 목적이 아니라 과정이야. 성공을 향한 과정에서 네가 어떻게 성장하고, 어떤 사람이 되는지가 중요해."

아　　들　"결과적으로 중요한 것은 제가 성장하는 방향이군요. 그럼 저는 어떤 사람이 되는 것을 목표로 해야할까요?"

아 버 지　"가장 중요한 것은 네 삶의 핵심 가치에 충실하는 것이야. 네가 진정으로 믿는 것을 추구하고, 네가 원하는 가치에 따라 행동하렴. 그러면 결국 올바른 결과에 도달하게 될 거야."

아　　들　"알겠어요. 아버지. 그 말씀을 반드시 명심할게요."

성공에 대한 태도

아　　들　"아버지, 성공을 열정적으로 추구하는 것은 가끔 삶의 다른 부분들을 소홀히 하게 만들어요. 성공이 전부인 것처럼 느껴질 때가 있는데, 이것이 과연 옳은 일인지 의문이 들 때가 있어요. 예전에는 삶의 모든 것을 성공에 바치는 것이 가치 있는 일이라고 여겼어요. 하지만 요즘에는 성공 이외에도 삶의 중요한 측면이 많다는 생각이 들어요."

아 버 지　"성공에 대한 너의 열정을 이해하지만, 네가 말하는 것처럼, 성공을 위해 모든 것을 희생하는 것은 조금 위험하단다. 진정한 성공이란, 단순한 업적이나 이익을 초월해 네 삶의 균형과 조화를 이루는 것이야. 성공이 너의 삶의 모든 부분과 조화롭게 어우러져야만, 그것은 진정 가치 있는 것이 되지."

아　　들　"성공과 삶의 다른 부분들 사이에서 균형을 찾는 것이 중요하다는 것은 어렴풋이 직감하고는 있었어요. 하지만 그 균형을 어떻게 찾을 수 있을까요? 성공을 추구하면서도 삶의 다른 부분들을 소홀히 하지 않는 방법은 무엇일까요?"

아 버 지　"균형을 찾기 위해선 삶의 우선순위를 명확히 하는 것을 추천해. 성공을 추구하면서도 네가 중요하게 여기는 가족과 건강 같은 요인들의 중요성을 인지하고 그것들에 우선순위를 매겨보면서, 지속적으로 관심을 쏟을 계획을 세워야 하지. 이것들은 진정한 성공이라는 큰 그림의 중요한 부분이야."

아 들	"그렇다면 성공을 위해 어느 정도의 희생이 필요하다고 생각하시나요? 어디까지가 성공을 위한 적절한 희생인지 기준점을 제시해 주시면 좋겠어요. 어떤 것을 희생해야 하는지, 어디까지가 성공을 위한 합리적인 희생인지에 대해 의문이 들어요."
아 버 지	"희생의 정도는 삶의 다른 부분을 파괴하지 않을 정도로 유지되어야 한단다. 성공을 위한 희생은 필요하지만, 그 희생이 너의 삶의 질을 해치지 않도록 주의할 필요가 있어. 네가 누구인지, 네가 중요하게 여기는 것이 무엇인지를 결코 잊어서는 안 돼. 그 과정에서 네 자신을 잃지 않도록 해야 한다는 거야. 네가 성공해도 네가 중요하게 여기는 가치와 삶의 질을 유지할 수 있어야만, 진정한 성공이라 할 수 있어."
아 들	"그렇군요. 확실히 우리가 균형을 잃고 성공에 지나치게 집중할 때 발생할 수 있는 부정적인 측면들이 있으니까요. 아버지도 성공에 매몰되어 무언가를 잃어보신 적이 있으신가요?"
아 버 지	"누구나 그런 경험은 아마 있을 거라고 생각한단다. 나도 그런 적이 있었지. 나는 정말 다양한 것을 놓쳐버렸어. 심지어는 소중히 여기는 관계까지도 말이야. 성공에 매몰되어 궁극적으로 잃는 것은 결국 자기 자신이야. 성공은 중요하지만, 그것이 자신의 삶 전체를 지배하거나 소진시켜서는 안 돼. 성공은 너의 삶을 풍요롭게 해야지, 파괴해서는 안 되는 거야."
아 들	"그럼에도 불구하고 우리는 왜 성공에 그토록 집중하는 걸까요? 사회적 인정이나 자본을 통해 자신의 가치를 증명하려는 것일까요?"

아 버 지 "너의 말대로 사람들은 성공을 통해 자신의 가치를 증명하려 해. 그들은 많은 돈이나 권력을 원하지. 하지만 그것들은 사람들이 정말로, 진실되게 원하는 것이 아니야. 단지 사회적 관념과 타인과의 비교에 종속되었을 뿐이지. 그래서 진정한 행복을 버리는 선택을 하게 되는 거야.

아　　들 "하지만 충분한 돈과 권력이 있다면 행복할 수 있지 않을까요?"

아 버 지 "돈과 권력은 행복하게 해주는 요인이 아니라 불행하지 않게 해주는 요인일 뿐이야. 소유에 대한 행복감은 금방 사라진단다. 그리고 새로운 갈망이 찾아오지. 중요한 것은 자신이 좋아하는 일을 하는 것이란다. 결국 균형을 잃어버린 과도한 성공 추구는 결국 스스로를 소진시키고, 중요한 것들을 잃어버리게 할 수 있어. 진정한 성공은 네가 추구하는 가치와 목표에 부합하고, 네 삶을 풍요롭게 하는 것이어야 해. 성공이 네 삶을 지배하거나 너 자신을 소모시켜서는 안 돼."

아　　들 "그것이 바로 성공을 바라보는 올바른 태도군요. 앞으로는 성공을 추구하면서도 삶의 균형과 조화를 유지하도록 노력해야겠어요. 먼저, 우선순위부터 명확히 정해볼래요."

아 버 지 "건강한 성공 태도란 네가 추구하는 성공이 너의 삶을 풍요롭게 하고, 네 삶의 목표와 조화를 이룸으로써 너 자신을 성장시키는 것이야. 성공을 추구하면서도 네가 중요하게 여기는 가치를 잃지 않도록 언제나 주의하렴. 네가 추구하는 성공이 너 자신과 네 삶에 긍정적인 영향을 미치고, 너를 더 나은 사람으로 성장시키는 방향으로 나아가도록 해."

이상과 사명

아　　들　"아버지. 그런데 저는 어릴 때부터 무언가 대단한 일을 이루어보고 싶었어요. 이번엔 우리의 삶에서 꼭 이루어야 할 위대한 이상이나 사명에 대해 생각해보고 싶어요. 개인이나 조직이 깊이 추구해야 하는 이러한 이상이나 사명은 보통 어떤 것일까요?"

아 버 지　"아들아, 인생을 통해 궁극적으로 추구해야 할 이상이나 사명은 그 사람의 가치와 열정에서 나오는 거야. 이는 보통 개인의 성취를 넘어선 인류적 차원에서의 중요한 기여를 의미해. 예를 들어 철학자가 인류의 지식을 확장해 새로운 이념을 만드는 것이나, 교사가 다음 세대를 더 혁신적인 방식으로 교육하는 것을 말하지. 목표나 사명은 단순한 개인적 성공을 넘어서, 세상에 긍정적인 변화를 가져와야 해."

아　　들　"하지만 제가 진정으로 원하는 궁극적인 가치를 발견하는 것은 어려워요. 우리가 근본적인 목표나 사명을 발견하고 실현하기 위해서는 어떻게 해야할까요?"

아 버 지　"자신의 내면을 깊이 탐색하는 것이 필요해. 자신이 무엇에 열정을 갖고 있는지, 무엇을 가장 중요하게 여기는지를 이해하는 것이 중요하단다. 세계에 존재하는 모든 것은 누군가가 가진 불타는 내면

의지와 열정이 형태화된 것이든. 내면을 탐색해 우리의 본질을 잘 알게 된다면 무엇을 형태화하고 싶은지도 쉽게 드러나. 따라서 먼저 자신에 대해 탐색해야만 해. 그런 다음에 이러한 이해를 바탕으로, 실제 세상에 어떻게 긍정적인 영향을 미칠 수 있는지를 고민할 수 있는거야."

아　들　"내면에 대한 탐구는 언제나 흥미로운 주제예요. 하지만 강력한 내면 의지는 항상 외부의 저항을 받는 것 같아요. 가치에 따라 결정된 궁극적인 목표나 사명을 추구하면서 겪게 될 외부의 어려움은 어떻게 대처해야 할까요?"

아 버 지　"당연히도 목표나 사명을 추구하는 과정에서는 여러 어려움과 도전이 따르기 마련이야. 하지만 중요한 것은, 이러한 도전을 극복하는 과정에서 배우는 거야. 가끔씩 너의 사명이나 목표가 현실과 부딪힐 수 있지만, 이를 통해 너는 더 강해지고 지혜로워질 거야. 그러니 충돌을 두려워하지 마렴. 또한 이러한 목표나 사명을 지속적으로 추구하기 위해서는 유연성과 인내가 필요해. 그리고 너의 노력이 결국 큰 영향을 미칠 것이라는 믿음을 잃지 말아야 해."

아　들　"그 말씀을 듣고 보니, 목표나 사명을 추구하는 과정을 통해 새로운 무언가를 배울 수 있음을 이해했습니다. 성장하는 과정을 통해, 더 큰 가치를 창출할 수 있는 방법을 찾아내겠군요."

아 버 지　"맞아. 이러한 목표나 사명을 추구하는 것은 단순한 개인적 성취를 넘어선 것이야. 우리에겐 인생을 바쳐 세계에 헌신하고자 하는 진정한 가치가 필요해. 이것은 네가 세상에 긍정적인 변화를 가져올 수 있는 방법을 찾고, 실현하는 과정이지. 네가 이러한 목표나 사명에 집중하면서도 현실적인 접근을 유지한다면, 네가 추구하는 목표는 분명히 큰 의미를 가질 거야."

아　　들　"아버지, 그런데 사람마다 가지고 있는 목표나 사명이 서로 다를 텐데, 이런 차이들을 어떻게 조화롭게 만들 수 있을까요? 사회적으로나 조직적으로 서로 다른 사명들이 충돌하지 않고, 오히려 서로를 강화할 수 있는 방법이 있을 것 같다는 느낌이 들어요."

아 버 지　"사람마다 가지고 있는 목표나 사명이 다르다는 것은 사실이야. 하지만 중요한 것은 서로 다른 이상과 사명이 대화와 협력을 통해 서로를 이해하고 강화할 수 있다는 거야. 사회적으로나 조직적으로 다양한 목표와 사명을 포용하는 문화를 조성하는 것이 중요해. 이를 통해 서로 다른 목표들이 하나의 큰 목적을 향해 나아가며, 서로의 노력이 결합하여 더 큰 영향력을 발휘할 수 있지."

아　　들　"그렇군요. 그러면 개인이나 조직이 자신들의 목표나 사명을 실현하는 데 있어 중요한 요소는 무엇이라고 생각하시나요?"

아 버 지　"가장 중요한 것은 일관성과 진정성이야. 네가 추구하는 목표나 사명이 진실하고 너의 신념과 일치한다면, 이는 네가 무엇을 하든 강력한 동기부여가 될 거야. 그저 일관되게 목표를 추구하렴. 이는 장기적인 목표를 바탕으로 꾸준히 노력하고, 필요한 경우에는 전략을 조정하면서도 네가 가진 목적을 잃지 않는 것을 말한다."

아　　들　"목표나 사명을 추구하는 과정에서의 일관성과 진정성이 매우 중요하군요. 이를 통해 제가 추구하는 목표나 사명에 더 깊이 몰두하고,

실현할 수 있는 방법을 찾을 수 있을 것 같아요."

아　버　지　"그렇지. 네가 추구하는 목표나 사명이 너 자신에게 의미가 있고, 진정성을 가지고 있다면, 이는 너뿐만 아니라 주변 사람들과 사회 전체에도 긍정적인 영향을 미친단다. 네가 가진 이상과 사명에 충실하며, 이를 통해 세상을 좀 더 나은 곳으로 만들려는 노력은 결코 헛되지 않을 거야.

아　　　들　"알겠어요. 아버지 그 말을 꼭 명심하도록 할게요."

아　버　지　"하지만 기억해야 할 것이 있어. 네가 추구하는 목표나 사명은 너 혼자서만 이루어낼 수 있는 것이 아니야. 다른 사람들과 협력하고, 네가 가진 지식과 경험을 공유하는 것이 중요해. 서로의 경험과 지혜를 나누며 협력한다면, 너의 목표는 더 큰 힘을 발휘할 수 있을 거야."

아　　　들　"하지만 제가 가진 목표와 사명을 다른 사람들과 공유하고 협력하는 것이 어려울 때도 있어요. 전 솔직히 누군가와 함께 한다는 사실이 걱정이 돼요. 이런 상황에서는 어떻게 해야 할까요?"

아　버　지　"협력은 상호 존중과 이해를 바탕으로 할 때 가장 효과적이야. 이해할 수 없는 타인의 행동을 '그럴 수도 있다'는 마음으로 받아들여. 그것이 사실이건 아니건, 이러한 마음가짐은 타인과의 협력에 대한 너의 두려움을 감소시켜줄 것이란다. 그 과정에서 너의 목표와 사명을 명확히 전달하고, 다른 사람들의 관점과 가치를 이해하고자 노력하렴. 결국 서로 다른 강점을 가진 사람들이 함께할 때, 너의 목표는 더욱 큰 시너지를 통해 달성할 수 있어."

아　　들 "그렇군요. 앞으로는 협력의 중요성을 이해하고, 다른 사람들과의 협력을 통해 제 목표를 더 장대하게 발전시키겠습니다. 아버지, 이런 중요한 가치들을 깨닫게 해주셔서 정말 감사합니다."

아 버 지 "항상 언제나 기억하렴, 아들아. 네가 추구하는 목표나 사명은 너의 삶을 통해 세상에 긍정적인 변화를 가져오는 귀중한 여정이야. 이 여정에서 네가 겪는 모든 경험은 너를 더 강하고 지혜로운 사람으로 만들 거야. 그리고 네가 가진 열정과 신념은 결국 너뿐만 아니라 우리 사회에도 큰 기여를 할 것이란다."

관계와 성공

아　　들 "한 가지 더 궁금한 것이 있습니다. 협력에 관한 이야기를 해주셨는데요. 그렇다면 성공과 사람들에게 관계는 어떻게 정의될 수 있을까요? 제가 생각한 것보다 저의 성공에 타인의 영향이 크다는 생각이 들어서요."

아 버 지 "사람들이 가끔 망각하는 사실이기는 하지만, 성공과 사람들과의 관계는 아주 밀접하게 연결되어 있어. 성공적인 인간 관계는 개인의 성공에 큰 영향을 미치지.

아　　들 "그럼 정확히 어떠한 측면에서 관계가 성공에 긍정적인 영향을 미칠 수 있나요?"

아 버 지 "사람들과의 관계가 성공에 미치는 영향은 사실 매우 광범위하단다. 이를 좀 더 일반적인 개념에서 설명해볼게. 먼저, 사람들과의 관계는 우리에게 다양한 관점과 아이디어를 제공해. 친밀한 동료와의 대화는 새로운 생각을 자극하거나, 우리가 놓친 부분을 상기시킬 거야. 또한 우리가 타인과 건강한 관계를 맺어 생성되는 사회적 지지망은 우리에게 심리적 안정감을 제공 하고, 스트레스와 압박을 견디는 데 도움을 줘."

아　들　"긍정적인 사회적 관계는 다양한 관점을 촉발시키는 동시에 심리적 안정감을 제공하는군요. 말씀하신 대부분의 요소가 성공의 확률을 향상시키는 요인같아요. 그렇다면 이러한 요소들이 서로 어떻게 연결되어 개인의 성공에 기여한다고 생각하세요? 즉, 이러한 관계적 측면들이 실제로 어떻게 상호 작용하며, 우리의 성공에 구체적으로 어떤 영향을 미치는지 궁금합니다."

아 버 지　"좋은 질문이야. 긍정적인 관계에서 얻을 수 있는 실용적인 효과를 알고 싶구나. 관계적 요인의 상호작용이 다른 요인들에 비해 갖는 압도적인 효과는 무수히 많이 나타나는 각각의 관계적 조합들의 가능성에 있단다. 사소한 하나의 관계라도 수많은 상호작용을 촉발해 엄청난 파급효과를 낼 수 있다는 것이지. 이로부터 촉발되는 다양한 실용적인 이익이 있겠지만, 그 중 가장 중요한 효과는 조금씩 쌓인 긍정적인 관계망이 우리의 명성과 신뢰도를 높여준다는 것이란다. 예를 들어, 고객이나 협력자부터의 추천은 새로운 기회를 열어줄 거야. 이는 사업에서 뿐만 아니라, 다양한 분야에서 성공적인 경력을 쌓는 데 중요해. 이런 방식으로 사람들과의 관계는 우리의 성공에 있어서 중요한 자산이 돼."

아　　들　"그래도 저는 관계를 어떻게 구축해야 하는지에 대해 잘 모르겠어요. 어떻게 사람들과의 관계를 구축하고 유지해야 할까요?"

아 버 지　"성공적인 관계를 구축하기 위해선 진정성과 신뢰가 필요해. 동시에, 상호 존중과 이해도 중요하지. 관계는 단순히 받는 것이 아니라, 주고받는 것이어야 해. 가장 좋은 방법은 대가를 바라지 않고 먼저 주는 것이란다."

아　　들　"대가를 바라지 않고 먼저 주는 것이 손해를 볼 수도 있지 않을까요? 다른 사람으로부터 이익만을 취하려는 사람들이 있을 수도 있잖아요."

아 버 지　"기본적으로 사람들은 무언가를 받으면, 그것에 합당한 무언가를 돌려주고 싶은 마음이 든단다. 이를 상호성의 원칙이라고 해. 설령 이러한 원칙을 위배하는 사람이 있다고 해도, 그러한 사람은 자연스럽게 신뢰를 잃을 것이니 그 부분은 걱정하지 마렴. 무엇보다 무언가를 돌려 받지 못하더라도, 먼저 베푸는 것은 신뢰를 얻을 수 있는 최고의 방법이야."

아　　들　"좋아요. 하지만 그러한 신뢰성 있는 관계를 구축한다고 해도 결국 성공을 추구하면서 사람들과의 관계가 손상될 수도 있지 않나요?"

아 버 지　"네 말이 맞아. 성공을 추구하며 관계가 손상되는 것을 방지하기 위해선, 항상 네 가치와 우선순위를 명확히 해야 해. 하지만 어떠한 경우에도 성공은 신뢰보다 우선하지 않단다. 신뢰는 네 성공의 절대적인 전제 조건이야."

| 아 들 | "결국 성공하기 위해서는 건강한 관계가 필수군요. 아버지는 어떻게 관계를 관리하셨나요? 뿐만 아니라 아버지처럼 성공한 사람들의 관계 관리 방법에는 어떤 특징이 있나요?" |

아 들 "결국 성공하기 위해서는 건강한 관계가 필수군요. 아버지는 어떻게 관계를 관리하셨나요? 뿐만 아니라 아버지처럼 성공한 사람들의 관계 관리 방법에는 어떤 특징이 있나요?"

아 버 지 "성공한 사람들은 자신의 관계를 전략적으로 관리해. 그들은 관계를 단순한 수단으로 보지 않고, 장기적인 협력으로 여겨. 그들은 자신의 사회적 연결망을 적극적으로 활용하며, 동시에 다른 사람들에게 가치를 제공하지."

아 들 "지속적으로 유지되는 장기적인 관계가 중요한 것이군요. 저도 성공을 위해 사람들과 지속적인 관계를 맺고 싶어요. 하지만 사회에서 관계를 맺고 지속하는 것이 쉽지많은 않더라구요. 관계를 오래 지속하기 위한 구체적인 전략은 무엇이 있을까요?"

아 버 지 "중요한 것은 각 관계에서 양측 모두에게 가치가 있다는 것을 인식시키는 것이야. 가치가 유지된다면 관계를 지속적으로 발전할 수밖에 없어."

아 들 "알겠어요. 아버지. 그 말씀들을 마음 속 깊이 명심할게요."

아 버 지 "아들아, 너는 앞으로 어떻게 사람들과의 관계를 성공으로 이끌거니?"

아 들 "저는 먼저 제 주변 사람들과의 관계를 더욱 강화하고자 해요. 진정성 있는 소통과 상호 존중을 바탕으로 관계를 깊게 할 거예요. 또한 제가 추구하는 성공에 동참할 수 있는 새로운 관계들도 적극적으로 모색할 거예요."

아 버 지 "좋은 생각이야. 하지만 사람들과의 관계를 너의 성공 도구로만 여

기지 않도록 조심해. 진정한 관계는 상호간의 성장과 발전을 목표
로 해야 해. 네 성공이 다른 사람들에게도 긍정적인 영향을 미치도
록 해야지."

아　　들　"그렇군요, 아버지. 사람들과의 관계가 단순한 수단이 아닌, 서로의
　　　　　성장을 위한 것이라는 점을 명심하겠습니다. 제 성공이 주변 사람
　　　　　들에게도 이익이 되도록 노력할게요."

아 버 지　"그리고 또 하나, 성공을 추구하며 네가 진정으로 필요한 관계는 무
　　　　　엇인지도 고민해봐. 모든 관계가 너에게 긍정적인 영향을 미치는
　　　　　것은 아니니까. 너에게 진정으로 중요한 관계를 분별하는 능력도
　　　　　필요해."

원하는 것을 얻는 방법

아　　들　"관계가 성공에 도움이 된다는 것은 확실히 배웠어요. 하지만 관계
　　　　　가 성공의 전부는 아니잖아요. 성공을 위해 원하는 것을 얻으려면
　　　　　또 무엇이 필요할까요?"

아 버 지　"일단 네가 정말 원하는 것이 무엇인지 명확히 해야 해. 목표가 명
　　　　　확해야 행동도 목표를 향해 진행될 수 있지."

아　　들　"목표를 세워야한다는 것은 잘 알아요. 하지만 저는 항상 제 자신
　　　　　이 무엇을 원하는지에 대해 확신이 서질 않아요. 목표를 세우려고
　　　　　해도, 매번 '이게 정말 제가 원하는 것일까?' 라는 생각에 빠져버려

요. 어떻게 하면 제 진짜 원하는 바를 알 수 있을까요?"

아 버 지 "음, 그건 매우 자연스러운 고민이야. 우리 모두는 그런 혼란을 겪곤 해. 중요한 것은, 네가 가치를 두는 것들에 대해 깊이 생각해보는 거야. 너에게 있어 정말로 가치있는 것이 무엇인지, 그리고 그것이 장기적으로 어떤 의미를 가지는지 고민해봐. 그리고 다양한 경험을 해보고, 그 과정에서 네가 무엇에 더 많은 에너지와 시간을 투자하고 싶은지 관찰하는 것 중요해."

아 들 "제가 정말로 열정을 느끼는 것은 알겠는데, 가끔은 제 꿈이 너무 크고, 실현 불가능하다고 느껴질 때가 있어요. 저는 큰 꿈을 꾸고 있지만, 현실은 그렇게 호락호락하지 않잖아요. 이런 상황에서 저는 어떻게 답을 찾아야 할까요?"

아 버 지 "꿈이 크다는 것은 정말 좋은 일이야. 하지만 네가 말한 대로 현실적인 측면도 고려해야 해. 큰 꿈을 실현하기 위해서는 그 꿈을 실현 가능한 단계들로 나누어 생각해보는 것이 중요해. 큰 목표를 여러 개의 작은 목표로 나누고, 각각에 대해 실현 가능한 계획을 세워보는 거야. 이렇게 하면 너의 큰 꿈도 점차 현실로 다가갈 수 있어. 그리고 중간중간에 자신을 돌아보고, 필요하면 목표를 조정하는 유연성도 필요해."

아 들 "그렇군요. 명확한 목표를 정하고, 그것들을 이루기 위해 필요한 단계들을 작은 단위로 나누면 되겠군요. 그 후에 계획에 따라 실행하면 되구요. 하지만 저는 경험적으로 보았을 때, 실행 단계에서 자주 실패해요. 어떻게 하면 계획을 더 효과적으로 실행할 수 있을까요?"

아 버 지 "그러한 실수는 누구나 저지른단다. 그런 걸 계획 오류라고 하지. 내 경험상, 계획을 실행할 때 중요한 것은 자기 관리와 시간 관리 야. 매일의 작은 목표를 설정하고, 그것들을 달성하기 위해 필요한 자원과 시간을 정확히 파악해야 해. 또한 너의 진행 상황을 주기적 으로 검토하고, 필요한 경우 계획을 조정하는 것도 중요하지. 목표 달성은 이처럼 유연성과 적응력을 필요로 해."

아　　들 "그렇군요. 계획을 세우는 것은 어렵지만 그래도 재밌어요. 그래서 계획을 세우는 것 자체는 꾸준히 할 수 있을 것 같아요. 하지만 계 획을 세울 때, 저는 너무 많은 것을 한 번에 하려고 해서 압도당해 요. 어떻게 하면 더 효율적으로 계획을 세울 수 있을까요?"

아 버 지 "효율적인 계획을 세우기 위해서는 다시 강조하지만 우선순위를 정 하는 것이 중요해. 우선순위를 정하는 것이 네가 달성하고자 하는 목 표 중에서 가장 중요한 것을 알려줄거야. 그리고 각 목표에 대해 구 체적인, 달성 가능한 단계들을 정하면 돼. 이렇게 하면 각 단계가 더 관리하기 쉬워지고, 전체적인 진행 상황도 더 명확하게 파악할 수 있 어."

아　　들 "아, 그렇게 하면 계획을 더 잘 관리할 수 있겠군요. 추가적으로, 계 획할 때에는 현실적인 목표를 설정하는 것이 좋을 것 같아요."

아 버 지 "좋은 생각이야. 현실적인 목표를 설정하는 방법도 설명해줄게. 그 건 먼저 실제로 네가 달성할 수 있는 것들을 고려하는 것에서 시작 해. 네가 현재 가진 자원과 시간을 고려해서 목표를 설정해야 해.

높은 기대치는 좋지만, 너무 높은 기대는 오히려 실망과 좌절로 이어질 수 있으니까. 목표를 설정할 때, 네가 실제로 달성할 수 있는 것인지 그리고 그것을 달성하기 위해 어떤 노력이 필요한지 생각해 봐."

아　들　"맞아요, 현실적인 목표 설정을 해야겠어요. 목표가 충분히 현실적이라는 가정 하에, 계획만 제대로 지킨다면 반드시 목표를 성취할 수 있을 거에요. 다만 고민이 한 가지 더 있어요. 저는 목표를 달성하려고 노력하는 동안, 행동을 지속하려는 동기를 잃곤 해요. 흔들리지 않고 꾸준히 동기를 유지하는 방법은 무엇일까요?"

아 버 지　"동기를 유지하기 위해서는 네가 설정한 목표가 너 자신에게 진정으로 의미 있는 것이어야 해. 목표가 너의 가치와 열정과 일치할 때, 동기를 유지하기가 훨씬 쉬워져. 또한 작은 성취를 축하하고, 그 성취를 통해 자신감을 유지하렴. 네가 달성한 단계마다, 그것이 가져다 준 긍정적인 변화와 성취를 인식하고, 그것으로부터 동기를 얻는 것은 행위를 유지하는 매우 좋은 방법이야."

아　들　"그러고 보니, 제가 목표를 세우고 추구하는 과정에서 놓치고 있던 부분들이 많았던 것 같아요. 그런데 목표에 집중하면서 동시에 일상의 다른 책임들을 어떻게 관리해야 할까요? 가끔은 목표에 너무 몰두하다 보면 다른 중요한 것들을 소홀히 하는 것 같아 걱정이에요."

아 버 지　"네 걱정도 충분히 이해는 가. 목표에 집중하는 것은 중요하지만, 일상생활의 균형을 유지하는 것도 마찬가지로 중요해. 네가 목표에 집중하면서도 일상의 다른 책임들을 관리하기 위해서는 시간 관리가 필수적이야. 너의 하루를 계획할 때, 목표에 집중할 시간뿐만 아니라 가족과 친구들과의 시간 그리고 취미 활동과 같은 휴식 시간도 고려해야 해. 이렇게 균형 잡힌 일정을 계획하면, 목표 달성에 집중하면서도 다른 중요한 측면들을 소홀히 하지 않을 수 있어."

아   들   "계획할 때부터 목표 외의 다른 영역들을 고려해야 한다는 말씀이시군요."

아 버 지   "그래. 맞단다. 하지만 그 과정은 시간이 조금 필요해. 우리가 얼마나 그 목표에 열중하는 지에 따라 휴식과 같은 다른 영역들에 대한 필요 정도가 달라질 수 있거든. 예를 들어, 만약 누군가가 일생을 바쳐 이룰 가치가 있는 진정한 목적을 찾았다면, 다른 영역들에 대한 의존도가 급격히 줄어드는 경향이 있어."

아   들   "진정한 목적이라..저는 아직 제 진정한 목적을 찾지 못한 것 같아요. 저는 가끔 제 단기적인 목표조차 정말로 제가 원하는 것인지, 아니면 다른 사람들이 원하는 것인지 구분하기 어려울 때가 있거든요."

아 버 지   "네 자신의 진정한 목적을 찾기 위해서는 정말 열정적인 자기 성찰이 필요해. 자기 자신에 대해 깊이 생각해봐. 그리고 너의 가치와 열정이 어느 방향을 가리키는지 고민해봐야 해. 이 과정에서는 최대한 외부의 영향을 배제하고, 정말로 네 자신이 원하는 것이 무엇인지 생각해보는 것이 중요해. 이 과정은 쉽지 않지만, 너가 진정으로 원하는 것을 찾도록 도와줄거야."

아 들	"아버지 말씀대로 제 자신에 대해 더 깊이 생각해보고, 원하는 것이 무엇인지 깊이 반추해 봐야겠어요. 그리고 그 목표를 향해 나아가면서, 중간중간에 제 자신을 돌아보고 필요하다면 목표를 조정할 거예요."
아 버 지	"맞아, 자신을 끊임없이 돌아보고, 필요에 따라 조정하는 것이 중요해. 그리고 어떤 일을 하던지 항상 자신을 믿어. 자신감을 가지고 목표에 도전하면, 결국 원하는 것을 얻을 수 있을 거야. 원하는 것을 얻기 위한 과정은 굉장히 힘들지만, 그것을 달성하는 과정 자체가 너를 더욱 강하고 지혜로운 사람으로 만들어 줄 것이란다."

실패에 대한 관점

아 들	"네, 그렇게 생각하니 좀 더 명확해지는 것 같아요. 하지만 제가 가장 두려워하는 것은 실패에요. 저는 목표를 달성하기 위해 노력해도, 실패할 때마다 큰 실망감을 느끼곤 해요. 저는 제 자존심이 상하는 게 너무도 두려워요. 실패를 겪을 때마다 어떻게 자신감을 유지할 수 있을까요?"
아 버 지	"실패는 누구에게나 발생할 수 있는 일이고, 실제로 성공으로 가는 길에는 피할 수 없는 사건이야. 중요한 것은 실패에서 배울 점을 찾아내는 것이야. 실패는 네가 다음 번에 더 나은 선택을 할 수 있도록 도와주는 귀중한 교훈이 될 거란다. 실패를 겪을 때마다 그것을 부

정적으로만 보지 말고, 그 안에서 무엇을 배울 수 있는지 고민해보는 거야. 그리고 무엇보다, 실패를 겪었다고 해서 네가 가치 없는 사람이 되는 것은 아니야. 실패는 단지 네가 성장하고 발전하는 과정의 일부일 뿐이야."

아 들 "그러한 점은 저도 이해하고 있어요. 다만, 저는 종종 제가 가진 한계 때문에 좌절감을 느껴요. 제 능력이 부족하다고 느낄 때, 어떻게 자신감을 유지할 수 있을까요?"

아 버 지 "자신의 한계를 인식하고 있다는 것만으로도 너는 이미 훌륭하단다. 한계를 정확하게 인식하는 것은 무엇을 해야 할지 알 수 있는 효과적인 방법이거든. 하지만 무엇보다 중요한 것은 그 한계를 넘어서려는 자세야. 자신감은 경험과 성공의 축적에서 나오지. 네가 작은 성공을 쌓아가면서, 점차 큰 목표를 향해 나아갈 때 자신감도 함께 성장할 거야. 실패를 두려워하지 말고, 그것을 배움의 기회로 삼아. 결국은 경험과 시간이 해결해 줄 문제야."

아 들 "결국 모든 말씀들을 종합해보면, 제가 원하는 것을 얻기 위해선 제 자신이 진정으로 원하는 목적을 찾고, 그것을 단계별로 나누어 실천하는 과정 속에서 실패를 받아들이고 배워야 한다는 건가요?"

아 버 지 "맞아. 결국 중요한 것은 시행착오를 올바르게 반복하는 것이지. 실패는 성공으로 가는 길에 있는 장애물이 아니라, 성공을 향한 발판이란다. 너가 매 순간 최선을 다하고, 자신의 장단점을 이해하며 끊임없이 배워나간다면, 결국 원하는 것을 얻을 수 있을 거야. 실패는 학습의 기회이며, 그 안에서 많은 교훈을 얻을 수 있어. 실패를 경험할 때마다 그것에서 무엇을 배울 수 있는지 생각해보고, 다음 번에는 더 나은 결정을 내릴 수 있도록 그 경험을 활용해야 해. 무엇보다도 실패를 경험하는 것은 네가 성장하고 있다는 증거야. "

아　　들　"그렇다면 실패를 반복할 때 중요한 것은 포기하지 않는 것이군요. 제가 추구하는 목표가 무엇이든 간에 그것이 가치 있는 것이라면, 그것을 위해 계속 노력해야 하구요. 즉, 실패는 결국 저를 더 강하고 지혜로운 사람으로 만들 것이니, 실패는 성장과 발전의 일부라는 거죠?"

아 버 지　"맞아. 실패는 결코 끝이 아니야. 오히려 새로운 시작이 될 수 있어. 네가 실패를 경험할 때마다, 그것을 넘어서는 방법을 배우고, 더 강한 사람이 될 수 있도록 해. 그리고 기억해, 실패는 성공으로 가는 길에서 불가피한 일부분일 뿐이야. 중요한 것은 그 실패에서 무엇을 배우고 어떻게 전진하는지야. 실패를 기꺼이 감수하렴"

위험을 감수하는 것

아　　들　"실패와 관련해 한 가지 더 고민이 있어요. 실패를 감수하려고 해도, 그것에서 발생하는 손실은 도저히 견디기 어려워요. 저는 제 꿈을 추구하면서 많은 위험을 감수해야 하는지 고민이에요."

아 버 지　"위험을 감수하는 것은 매우 중요해. 모든 큰 성취와 변화는 어느 정도의 위험을 필요로 하지. 물론, 그것은 무모한 위험을 의미하는 것이 아니야. 계산된 위험을 감수하는 것이 중요해. 네가 추구하는 목표를 향해 나아가면서, 어떤 위험들이 있는지 그리고 그 위험들을 어떻게 관리할 수 있는지를 고려해야 해."

아 들　"그럼 어떻게 해야 계산된 위험을 감수할 수 있을까요? 저는 너무 조심스러워서 기회를 놓치는 것 같아요."

아 버 지　"계산된 위험을 감수하는 것은 네가 그 위험에 대해 충분히 이해하고, 그것이 가져올 수 있는 결과들을 예측할 수 있어야 해. 네가 목표를 향해 나아가면서 만나게 될 잠재적인 위험들을 평가하고, 그 위험들이 가져올 수 있는 최악의 상황과 최선의 결과를 고려해봐. 그리고 그 위험을 감수하는 것이 가져올 수 있는 결과에 위험을 감수할 만한 가치가 있는지를 판단해야 해."

아 들　"아, 그러니까 모든 가능성을 고려하고, 그 위험이 가져올 결과를 충분히 평가한 후에 결정을 내리는 거군요."

아 버 지　"맞아. 중요한 것은 충분히 고려한 후에 의사결정을 내리는 거야. 위험을 감수하는 것은 더 큰 성공과 성장을 이룰 수 있는 기회를 제공해. 하지만 그것은 항상 신중하게 고려된 결정이어야 해. 무모하게 위험을 감수하는 것은 결코 현명한 선택이 아니야."

아 들　"그렇군요, 아버지. 위험을 감수하는 것에 대해 더 신중하게 생각해볼 필요가 있겠어요. 제 목표를 향해 나아가면서, 위험을 잘 관리하고, 그것을 기회로 삼을 수 있도록 노력하겠어요."

아 버 지　"또한 네가 위험을 감수할 때는, 그 위험으로 인해 발생할 수 있는 잠재적인 결과들에 대해 자세히 생각해봐야 해. 가능한 한 많은 정보를 수집하고, 그 정보를 바탕으로 합리적인 결정을 내려야 한다는 거지. "

아　들　"알겠어요. 정보 수집을 통한 합리적인 결정의 중요성은 이해했어요. 그런데 아버지, 저는 위험을 감수할 때 실패할까 봐 두려워요. 이런 두려움을 어떻게 극복할 수 있을까요?"

아 버 지　"두려움은 자연스러운 감정이야. 누구나 위험을 앞두면 두려움이란 감정이 자라날 것이란다. 하지만 중요한 것은 그 두려움을 극복하는 방법을 찾는 거야. 네가 위험을 감수할 때, 먼저 그 두려움을 인정하고, 왜 그렇게 느끼는지 이해해야 해. 그리고 그 두려움을 극복하기 위한 전략을 세워야 해. 예를 들어, 작은 위험부터 시작해서 점차 큰 위험으로 나아가는 방법이 있어. 이렇게 하면 너는 위험을 감수하는 데 더 익숙해질 수 있고, 자신감을 쌓을 수 있단다. 큰 위험이 무서울 때에는 위험도를 작게 나눌 방법을 찾으렴."

아　들　"확실히 그렇게 하면 두려움을 극복하는 데 도움이 될 것 같아요. 감사해요 아버지. 마지막으로 질문 한 가지가 있어요. 손실이 날 경우를 정신적으로는 감당할 수 있어도, 물리적으로 감당하지 못할 경우가 발생할 수도 있을 것 같아요. 모든 것을 다 잃어버릴 최악의 경우 말이에요. 어떻게 하면 최악의 경우에 대비할 수 있을까요?"

아 버 지　"너의 말대로 위험을 고려해 부정적인 결과에 대비하는 것도 중요해. 우리가 할 수 있는 최선의 수는 그저 그러한 위험이 일어날 확률을 최대한 줄이는 거야. 네가 위험을 감수할 때, 항상 최악의 시나리오를 고려하고, 그러한 상황이 발생했을 때 어떻게 대처할 것인지 미리 계획을 세워야 해. 가능한 한 그러한 상황을 미리 예방하는 방법을 생각해두렴. 예를 들어, 금전적인 위험을 감수할 때는 충분한 예비금을 준비하는 것이 좋아. 이렇게 하면 부정적인 결과가 발생했을 때, 그것을 극복할 수 있는 준비가 되어 있을 거야."

아　　들　"아버지, 오늘 이야기를 통해 제가 성공에 대해 다시 생각해보게 되었습니다. 아버지의 경험과 조언이 저에게 큰 영감을 주었어요. 제 성공의 길에 이러한 교훈들을 적용하겠습니다."

아 버 지　"아들아, 네가 성공의 길을 걷는 데 나와의 대화가 도움이 되었다니 기쁘구나. 네가 성공을 향해 나아갈 때 항상 너만의 가치와 사람들을 소중히 여기길 바래. 성공은 단순히 개인적인 성취가 아니라, 우리가 서로에게 미치는 영향에서도 찾아야 해."

저녁이 깊어가고, 오래된 저택의 서재는 지식과 경험의 교류로 가득 찬 대화의 끝을 맞이합니다. 서재 안의 고요함 속에서 아버지와 아들의 대화는 마침표를 찍고, 창문 너머로 보이는 별빛이 서재를 부드럽게 밝힙니다. 이제 각자의 생각과 깨달음을 가슴에 품은 채, 두 사람은 서로를 이해하고 존중하는 더 깊은 관계로 발전했습니다.

아버지의 지혜와 경험은 성공의 가치와 의미에 대한 아들의 이해를 넓혔고, 아들의 열정과 호기심은 아버지에게 새로운 관점을 선사했습니다.

두 사람이 서재를 떠나면서 그들의 대화는 끝난 것처럼 보이지만, 사실 그것은 새로운 시작의 신호입니다. 성공에 대한 그들의 대화는 그들의 삶 속에서 계속될 것이며, 오늘의 교훈은 아들이 앞으로 나아갈 때 활용할 지침이 될 것입니다.

그렇게 서재의 문은 닫히고, 정적 속에서 그들의 대화는 지혜의 보배로 남습니다.

05

지식에 관하여

두 명의 철학자

지식에 관하여
두 명의 철학자

밤이 깊어가는 어느 신비로운 저녁, 세계의 여러 곳에서 수집된 고서들로 가득 찬 오래된 도서관의 한 구석에서, 두 철학자 비슈누와 가네샤가 만납니다. 이 도서관은 오랜 시간 동안 수많은 지식의 흐름을 간직해온 곳으로, 고요하며 안정된 분위기를 풍깁니다.

도서관의 낡은 나무 문을 열고 들어서면서, 두 철학자는 시간이 멈춘 듯한 공간에 들어섭니다. 희미한 촛불 빛이 고요한 서가들 사이로 번져가며, 먼지 쌓인 책들에서는 오래된 지식의 향기가 느껴집니다. 창문 밖으로는 은은한 달빛이 스며들며, 도서관 안의 고요함과 대조를 이룹니다.

비슈누와 가네샤는 철학적 사유를 탐구하는 것을 일생의 목적으로 정했습니다. 둘 모두 사유 과정을 즐기지만, 각자 다른 방향의 철학적 관점에서 지식에 대한 이해를 깊이 있게 이해하고자 합니다.

두 철학자는 서로 마주 보며, 오래된 서가와 고서들 사이의 특색있는 분위기에서 지식의 본질에 대한 토론을 시작할 준비를 합니다. 이제, 각자의 철학적 배경과 깊은 사유를 바탕으로 지식에 관한 이야기가 펼쳐지게 됩니다.

지식의 본질

비 슈 누 "가네샤. 우리가 '지식'이라 부르는 것은 과연 무엇이라고 생각하나? 사람들은 많은 것을 안다고 말하지만, 그 모든 것이 과연 진정한 지식인가? 나는 우리가 알고 있다고 생각하는 것들이 실제로는 얼마나 불확실한가에 대해 생각한다네. 예를 들어, 우리가 느끼고 생각하는 것들이 모두 지식인가? 아니면 지식이라는 것은 좀 더 체계적이고 구조화된 것을 요구하는 것일까?"

가 네 샤 "매우 흥미로운 질문일세, 비슈누. 내 생각에 지식이란 단순히 사실을 알고 있는 것 이상을 뜻하네. 지식은 우리가 세계를 이해하고 해석하는 방식이야. 즉, 우리가 경험을 통해 얻은 정보를 어떻게 처리하고 이해하는지에 관한 것이라고 생각해. 그래서 지식은 단지 정보의 수집이나 사실의 습득을 초월하는 개념이지. 그것은 우리의 인식과 해석을 포함하는 더 광범위한 과정인 거야."

비 슈 누 "그렇군. 지식은 정보의 수집을 넘어선 개념이라는 것에는 나도 동의해. 내가 보기에도 지식은 경험과 관찰을 통해 형성되는 우리의 이해와 해석이야. 이것은 단순히 '알고 있다'는 것을 넘어서 우리가 세상을 어떻게 인식하고 이해하는지에 관한 더 깊은 과정이지. 그렇다면, 지식의 유형에 대해서는 어떻게 생각하나? 예를 들어, 감각적인 경험을 통해 얻은 지식과 이성적 사고를 통해 도달한 지식 사이에 어떤 차이가 있다고 보나?"

가 네 샤 "좋은 질문이야. 감각적 경험을 통한 지식은 우리의 오감을 통해 직접적으로 얻는 이해와 정보일세. 반면, 이성적 사고를 통한 지식은 논리적 추론과 개념적 사고를 통해 도달하는 것이지. 이 두 유형의 차이는 정보를 습득하는 인식 수단의 차이에서 비롯된다네. 두 유형 모두 우리의 지식 체계를 구성하는 필수적인 요소들이지."

비 슈 누 　"둘 다 필요하다는 점에서는 나와 의견이 같군. 나는 감각적 지식과 이성적 지식 사이의 상호작용이 굉장히 중요하다고 생각해. 이 두 유형의 지식이 상황에 따라 서로를 보완하기 때문이지. 이에 대한 자네의 생각을 들려주겠나?"

가 네 샤 　"음, 감각적 지식은 우리에게 구체적인 정보와 경험을 제공하지만, 이것들은 보통 개별적이며 파편화되어 있어. 반면 이성적 지식은 이러한 조각들을 하나의 의미 있는 전체로 통합하고, 그것들을 논리적이고 체계적인 방식으로 이해하는 데 도움을 주지. 나도 자네와 마찬가지로 두 유형의 지식이 서로를 보완하며 우리의 이해를 확장시킨다고 생각하네. 이 사실에 대해서는 이견이 있을 수 없지."

비 슈 누 　"당연하지. 나는 지식의 질적 수준이 각각의 유형들에 대한 양적 변수로 이루어진 함수라고 생각하네. 각각의 지식들의 유형은 그 양이 많으면 많을수록 서로 융화되며 지속적으로 새로운 지혜를 만들지. 나는 감각적 지식이건 이성적 지식이건 간에 많은 지식의 양이 결국 사고의 질을 높여준다고 생각하네. "

가 네 샤 　"나는 그 생각과는 다르네. 감각적 지식과 이성적 지식이 서로를 보완한다고는 하지만, 이 둘은 상황에 따라 충돌할 수도 있어. 감각적 지식은 우리의 직접적인 경험과 관찰에 기반을 두지만, 이성적 지식은 추상적인 개념과 원리에 초점을 맞추기 때문이야. 이러한 차이가 오히려 우리의 세계관 형성에 혼란을 가져올 수 있어. 또한, 각 유형의 지식을 어떻게 활용하고 해석하는지는 개인의 가치관과 사고방식에 크게 좌우된다네. 따라서 단순히 지식을 추구하기만 하는 것이 반드시 더 완전하고 균형 잡힌 이해로 이어진다고 단언하기 어렵다네. 다양한 유형의 지식이 항상 서로를 완벽하게 보완하거나 통합되는 것은 아니기 때문이야."

비 슈 누   그렇군. 다양한 유형의 지식이 조건에 따라 통합됨과 동시에, 그것들이 상황에 따라 세계관을 형성한다는 자네의 생각이 좀 더 일리가 있어. 이것이 지식의 본질에 대한 좀 더 깊은 이해를 반영한 것 같군."

가 네 샤   "그래. 다시 언급하지만 지식의 본질을 이해하는 것은 단순히 정보를 알고 있는 것 이상일세. 지식은 우리가 세상을 어떻게 인식하고, 그것을 어떻게 해석하고, 그 해석을 어떻게 우리 삶에 적용하는지에 관한 것이지. 따라서 지식은 단지 머리 속의 정보가 아니라, 우리의 행동과 결정에 깊은 영향을 미치는 근본적인 통찰일세"

비 슈 누   "나는 그렇게 형성된 통찰이 우리의 신념과 가치 체계에 지대한 영향을 미친다는 것을 요즘 느끼고 있다네. 앎이 곧 삶의 방향을 결정하는 것 같은 느낌이 들어. 자네는 이에 대해 어떻게 생각하나?"

가 네 샤   "당연히 지식은 우리의 신념과 가치에 큰 영향을 미칠 수 밖에 없지. 우리가 어떤 정보를 지식으로 받아들이고 그것을 어떻게 해석하느냐에 따라 우리의 신념과 가치가 형성되고 변화한다는 것은 널

리 알려진 사실이라네. 예를 들어, 과학적 지식은 우리가 세계와 자연을 이해하는 방식에 영향을 미치고, 그로 인해 우리의 가치관과 세계관도 변화하게 되지."

비 슈 누   "신념은 지식을 수용함에 있어 매우 중요한 점이야. 그렇다면, 지식이 우리의 의사결정과 행동에 어떤 영향을 미치는지에 대해서는 어떻게 생각하나? 우리가 가진 지식이 우리의 행동을 어떻게 지도하고 형성하는지 말이야."

가 네 샤   우리는 어떤 지식을 가지고 있느냐에 따라 우리는 다른 결정을 내리고, 다른 행동을 취하게 돼. 다시 한번 예시를 들자면, 건강에 관한 지식은 우리가 어떤 음식을 선택하고 어떤 생활 방식을 따르는지에 영향을 미칠 수밖에 없어. 이처럼 지식은 우리가 행동하는 방식에 지대한 영향을 미친다네."

비 슈 누   "이 부분에서는 의견이 동일하군. 우리가 가진 지식이 우리의 삶에 이토록 깊은 영향을 미친다는 것은 우리가 어떤 지식을 추구하고 어떻게 그것을 활용하는지에 대해 신중해야 한다는 것을 의미하겠지."

어떤 지식을 얻어야 하는가

비 슈 누   "그렇다면 우리가 어떤 종류의 지식을 추구해야 한다고 생각하나? 많은 지식이 있지만, 모든 지식이 우리에게 동일한 가치를 지니는 것은 아니잖아. 그렇다면 우리는 어떤 기준으로 지식을 선택해야 할까?"

가 네 샤   "그건 정말 중요한 질문이야. 내 생각에는 우리가 추구해야 할 지식은 우리의 삶에 긍정적인 영향을 미치고, 우리가 더 나은 결정을 내릴 수 있게 해야 해. 예를 들어, 우리의 건강에 도움이 되는 지식, 우리가 사회적으로 책임 있는 시민이 되는 데 기여하는 지식 같은 것들이지."

비 슈 누   "그렇군. 하지만 지식도 종류가 있어. 너가 말한 건강과 사회의 경우는 개인적 발전과 사회적 책임에 관한 지식이지. 우리는 그런 지식 사이의 균형을 어떻게 맞춰야 하는가? 만약 개인적으로 유용한 지식과 사회적으로 중요한 지식이 선택의 기로에 놓여있다면 말일세."

가 네 샤   "나는 개인적 발전과 사회적 책임은 서로 배타적이지는 않다고 생각해. 우리가 개인적으로 성장하는 데 도움이 되는 지식이 사회적으로도 긍정적인 영향을 미칠 수도 있기 때문이라네. 의사결정과 문제 해결에 관한 지식은 개인적으로도 유용하지만, 동시에 우리가 사회적 문제에 대해 더 효과적으로 대응할 수 있게 해준다네. 이처럼 지식의 유형은 특정한 분야에서만 유용한 것이 아니라네. 대부분의 상황에서 활용할 수 있지."

비 슈 누   "맞아, 그렇게 볼 수 있겠네. 자네의 말을 들으니 동일한 지식이라도 개인의 발전뿐만 아니라 사회적 책임과도 밀접하게 연결되어 있을 수 있음을 깨닫게 되었어. 그렇다면 지식의 선택에서 중요한 것은 우리의 가치관인 것 같네. 가치관이 곧 우리의 필요를 결정하니

까. 그러니까 우리의 가치관이 우리가 어떤 지식을 추구하는 데 매
우 중요한 역할을 한다고 것이지."

가 네 샤 "결국, 우리가 중요하게 여기는 것들은 우리가 어떤 종류의 지식을
추구하고, 그 지식을 어떻게 활용할 것인지에 영향을 미쳐. 환경을
중요하게 생각하는 사람이라면 지속 가능한 발전과 관련된 지식을
추구하는 것처럼 말이야. 반면, 기술과 혁신을 중시하는 사람은 최
신 과학기술에 관한 지식을 추구하겠지. 이건 당연한 사고의 귀결
이라네."

비 슈 누 "그럼 우리가 가치관을 바탕으로 지식을 선택할 때 마땅히 고려해
야 할 선택 기준은 무엇이라고 생각하나?"

가 네 샤 "그것은 당연히 우리가 선택하는 지식이 얼마나 실질적인 영향을
미치는지, 우리의 삶의 질을 어떻게 향상시킬 수 있는지를 고려해
야겠지. 지식의 가치는 그것이 우리에게 얼마나 중요한지나 당면한
문제를 해결하는 데 얼마나 도움이 되는지에 따라 달라져. 또한, 우
리가 사회적 책임을 다하는 데 기여할 수 있는지도 중요한 고려 사
항일세."

비 슈 누 "그렇다면, 우리가 살고 있는 사회와 시대가 우리가 추구해야 할 지
식의 종류도 변화하겠군. 당연히 문화에 따라 요구되는 필요와 책
임도 달라질테니 말이야."

가 네 샤 "현대 사회는 지속적인 변화와 발전을 경험하고 있어. 그래서 우리
가 추구해야 할 지식도 그 변화에 맞춰져야 해. 기술의 발전은 우리
에게 새로운 유형의 지식을 요구하겠지. 우리는 끊임없이 변화하는

세계에 적응하기 위해 새로운 기술과 문화적 이해를 바탕으로 실용성있는 지식을 습득해야 해."

비 슈 누   "나도 그렇게 생각해. 시대와 문화에 따라 필요한 지식은 시시각각 달라져. 하지만 필요한 지식을 변화시키는 요인은 또 있다네. 그게 무엇인 것 같은가?"

가 네 샤   "잘 모르겠네. 그게 무엇인가?"

비 슈 누   "바로 우리의 경험일세. 우리의 개인적인 경험과 배경이 우리가 어떤 지식을 추구하는지에 중대한 영향을 미친다네. 즉, 시대는 우리에게 필요한 지식을 제시할 뿐이야. 그것을 선택하는 것은 바로 우리의 역할이지. 결과적으로 우리가 과거에 경험했던 것들이 현재 우리가 추구하는 지식에 영향을 미친다네."

가 네 샤   "듣고보니 그렇군. 나도 그 말에 동의하네. 우리가 과거에 겪은 일들과 우리가 성장한 환경이 우리의 관심사를 형성하는 것은 명확한 사실이니까. 생각해보니 관심사 또한 우리가 선택할 지식을 결정하지. 그래서 우리가 추구하는 지식은 우리의 개인적인 이야기와 긴밀하게 연결되어 있다고 생각하네."

어떻게 지식을 얻는가

비 슈 누   "가네샤, 그렇다면 우리는 지식을 어떻게 얻어야 한다고 생각하나? 항상 나는 지식을 추구하기 위해 최선을 다하지만, 그것을 얻기 위한 나은 방법이 있을 것 같다고 생각하네. 지식을 얻는 과정은 단순히 정보를 읽고 이해하는 것을 넘어서는 것이니까 말이야."

가 네 샤 "맞아. 지식을 얻는 과정은 다양하고 복잡하다네. 우리는 책을 읽고, 사람들과 대화하거나 다양한 경험을 통해 지식을 얻지. 이 과정에서는 우리의 관찰과 사고 과정도 중요한 역할을 해. 이 모든 것들이 합쳐져서 우리는 새로운 지식을 습득하게 되지."

비 슈 누 "난 그동안 책과 강의를 통해 지식을 얻어왔어. 누군가와 교류함으로써 얻을 수 있는 지식은 한계가 명확하다고 생각했거든. 다양한 경험과 타인과의 상호작용이 지식 습득에 어떤 도움이 되는지 좀 더 설명해줄 수 있나?"

가 네 샤 "타인과의 상호작용은 우리가 보다 넓은 시야를 가지고 세상을 바라볼 수 있게 해준다네. 예를 들어, 다른 문화와 사람들과의 교류는 다른 관점을 이해하도록 돕고, 동시에 새로운 사고 방식에 노출되게 하지. 이것은 우리가 단순히 책에서 얻을 수 있는 것 이상의 깊이 있는 지식을 형성하는 데 도움을 준다네. 책에서 얻을 수 있는 지식은 결국 우리가 의도한 것이지만, 타인에게서 얻는 지식은 의도되지 않은 것들도 많거든."

비 슈 누 "그렇다면 누군가와의 상호작용을 통한 학습과, 책과 강의를 통한 이론적 학습 사이의 균형은 어떻게 맞추어야 할까?"

가 네 샤 "좋은 질문일세. 중요한 것은 언제나 균형을 찾는 것이니까. 이론적 학습은 우리에게 필요한 기초 지식과 개념적 이해를 제공하지만, 실제 경험은 이론을 현실 세계에 적용하고 그것을 실질적으로 이해하는 데 필요해. 이 두 가지를 결합함으로써 우리는 보다 포괄적이고 실용적인 지식을 얻을 수 있다네."

비 슈 누 "그러한 개념은 나도 알고있네. 나는 어떻게 그것들의 균형을 맞춰야하는지 물어보았네."

가 네 샤 "흠. 내가 질문을 오인했군. 하지만 개념을 다시 정립하는 건 결코 나쁘지 않으니, 나는 이것도 괜찮다고 생각하네. 어찌 되었든 간에 자네가 질의한 바와 같이 이론적 학습과 경험을 통한 학습 사이의 균형을 찾는 것은 매우 중요하네. 그 균형을 맞추기 위해서는 자기 자신의 학습 스타일을 파악하는 것이 중요해. 어떤 사람들은 이론적인 지식에 더 치중하는 반면, 다른 이들은 실제 경험에서 더 많이 배우지. 따라서 자신이 어떤 유형의 학습자인지 파악하고, 그에 따라 시간을 배분하는 것이 중요하다네. 하지만 이 균형을 찾아가는 과정은 상당히 어려워. 자신의 유형을 파악하기 위해서는 정말 많은 시행착오와 경험이 필요하다네."

비 슈 누 "그럼 균형을 찾기 위해 좀 더 과학적인 방법론을 사용해야겠군. 실험과 탐구를 통한 가설 검증 말이야. 균형을 찾아가는 과정은 자네의 말대로 시행 착오가 필요한 영역이니까."

가 네 샤 "이러한 문제의 유형에서 실험과 탐구를 통한 해결 방식은 오랜 기간 매우 유용하게 사용되었다네. 이러한 과정을 통해 우리는 가설을 세우고, 새로운 사고를 테스트하며, 결과를 관찰할 수 있어. 이것은 우리가 지식을 적극적으로 생성하고 검증하는 과정이 되지. 이 과정을 통해 우리는 단순히 정보를 수동적으로 받아들이는 것을 넘어서, 지식을 더 깊이 있고 의미 있게 이해하게 돼."

비 슈 누 "그렇군. 그렇다면, 우리가 실험과 탐구를 통해 효과적으로 새로운
지식을 얻기 위해 어떤 방법을 사용해야 할까?"

가 네 샤 "이 경우에 방법보다 중요한 것은 태도야. 호기심을 가지고 계속해
서 질문을 던지는 거지. 우리가 새로운 것을 배우고자 하는 열망과
열린 마음을 가질 때, 우리는 더 많은 지식을 얻을 수 있어. 실험을
반복하는 것은 매우 지루한 일이기 때문에 열정이 없으면 탁월한
결과를 도출시키기 어렵다네. 또한 다양한 관점에 개방적이고 비판
적 사고를 유지하는 것도 중요해."

비 슈 누 "다양한 관점을 갖는 것에는 나도 동의한다네. 다만 다양한 관점을
얻기 위해서는 당연히 하나의 정보원에만 의존해서는 안되겠지. 우
리는 결코 하나의 출처에만 의존해서는 안 되네."

가 네 샤 "자네의 말처럼 다양한 출처에서 지식을 얻는 것은 매우 중요하네.
이것은 우리를 다양한 관점과 사고에 노출시키지, 이것이 타인과의
상호작용이 중요한 이유라네. 한쪽에 치우치지 않고 사고를 하도록
우리의 의식을 조정하는 거야. "

비 슈 누 "정보의 다각화는 신용적이고 가치 있는 지식을 쌓기 위한 매우 좋
은 방법이야. 하지만 다양한 출처에서 얻은 정보를 통합하는 것은
쉽지 않아. 우리에겐 무수히 많은 정보 속에서 유용한 지식을 추출
하고, 체계적으로 이해하고 적용하는 방법에 대한 탐구가 필요하
네."

가 네 샤 "우리가 다양한 출처에서 얻은 정보를 통합하고 이해하기 위해서는

비판적 사고가 필요해. 우리는 정보를 단순히 받아들이는 것이 아니라, 그것을 분석하고 평가해야 해. 그리고 관련된 정보들을 서로 연결하고, 그것들을 우리의 기존 지식과 통합하는 과정을 거쳐야 하는 거지."

비 슈 누 "그렇다면 새로운 지식을 얻는 과정에서 우리는 매번 도전과 어려움을 마주치겠군. 새로운 지식을 얻는 것만으로도 뇌에 부하가 걸리는데, 지식의 질을 더 높이기 위해 다양한 지식을 통합해야하니 말이야. 지식을 통합하는 과정에서 발생할 수 있는 문제점은 없을까?

가 네 샤 "지식을 통합하는 과정에서의 도전 중 하나는 정보의 정확성과 신뢰성을 판별하는 것이야. 우리는 종종 잘못되거나 편향된 정보에 노출될 수 있어. 이를 극복하기 위해서는 출처를 면밀히 검토하고, 여러 출처의 정보를 비교 분석하는 능력이 필요해. 또한 우리 자신의 편견을 인식하고 극복하는 것도 중요하겠지."

비 슈 누 "그러면 우리 자신의 태도와 접근 방식이 올바른 정보를 얻는 과정에 매우 중요한 영향을 미치겠군."

가 네 샤 "맞아. 우리의 태도와 접근 방식은 지식을 얻는 데 결정적인 역할을 해. 호기심이 많고 열린 마음을 가진 사람은 새로운 지식을 탐색하고 이해하는 데 더 적극적일 거야. 반면, 고정된 사고방식을 가진 사람은 새로운 관점이나 정보를 받아들이는 데 어려움을 겪겠지. 그래서 우리는 항상 호기심을 갖고, 새로운 것에 대해 열린 태도를 유지하며, 비판적으로 사고하는 능력을 키워야 해."

새로운 지식이 형성되는 과정

가 네 샤   "비슈누, 너는 새로운 지식이 어떻게 형성된다고 생각해?"

비 슈 누   "새로운 지식 형성은 매우 복잡한 과정일세. 우리는 먼저 새로운 정
보에 접근하고, 그 다음에는 그 정보를 기존의 지식과 연결시켜야
하지. 이 과정은 새로운 관점을 창출하고 기존의 이해를 확장시키
는 거야."

가 네 샤   "그렇다면, 새로운 창의적인 사고법을 개발하는 과정이 지식 형성
에 기여할 수 있다고 생각하나? 우리가 무언가를 탐구해 새로운 개
념을 개발할 때 그것을 과연 지식이라고 할 수 있는가? 그것이 사람
들에게 합의되지 않은 것이라고 해도 말일세."

비 슈 누   "물론이지. 새로운 사고법을 개발하는 것은 지식 형성의 핵심일세.
새로운 사고법과 개념의 개발은 언제나 지식의 경계를 확장시킨다
네. 그리고 충분히 가치 있다는 가정 하에, 그렇게 창조된 개념은
결국 지식으로 인정받는다네. 이 과정에서는 창의적 사고와 비판적
분석이 필요해."

가 네 샤   "그렇군. 난 요즘 다양한 학문 분야 간의 지식을 연결하고 통합하기
위해 실험이나 연구를 곧잘 이용하고는 해. 그 과정에서 한 가지 의
문이 생겼는데, 바로 다양한 학문 분야 간의 통합이 정확히 가져다
줄 효과에 관한 것이네. 예를 들어, 과학과 예술이 결합된다면 어떤
새로운 지식이 형성될 수 있을까?"

비 슈 누   "학제간 통합은 종종 혁신적인 아이디어와 개념을 낳는다고 생각

하네. 예술과 과학의 결합은 새로운 형태의 창작물을, 다양한 학문의 결합은 새로운 이해 방식을 제공할 수 있어. 예를 들어, 생물학과 컴퓨터 과학의 결합은 생명공학의 새로운 영역을 열었고, 이는 우리가 생명 현상을 이해하는 방식을 근본적으로 바꾸었어. 새로운 지식 형성은 다양한 분야의 지식과 아이디어가 서로 만나고, 서로 영향을 주고받는 과정에서 발생하는 것이지. 그리고 이러한 결합을 촉진시키는 것이 바로 통합에 관한 열망을 불러일으킨 개인적 경험이네."

가 네 샤 "그렇겠지. 우리의 경험과 사고방식이 새로운 지식 형성에 중대한 영향을 미친다는 것은 나도 동의한다네. 개인적 경험은 지식 형성에 매우 중요해. 우리의 경험은 우리가 세상을 어떻게 바라보고 이해하는지에 영향을 미치고, 그 결과로 새로운 아이디어와 관점이 탄생해. 예를 들어, 다른 문화권을 여행하면서 얻은 경험은 기존의 사고방식을 도전하고, 우리가 알고 있던 것에 새로운 층을 추가하게 하겠지. 이러한 경험은 우리가 세상을 보는 방식을 변화시키고, 새로운 지식을 형성하는 데 큰 기여를 할 것이네. 그리고 개인적 경험의 활용에서는 타인과의 상호작용을 빼놓을 수 없지. 새로운 지식 형성 과정에서 다른 사람들과의 상호작용은 긍정적인 역할을 할 수 밖에 없어. 자신이 인식하지 못했던 사실을 인식할 수 있게 해주는 매우 효과적인 방법이니까."

비 슈 누 "자네 말처럼 다른 사람들과의 상호작용은 새로운 지식 형성에 필수적이야. 우리는 대화와 토론을 통해 서로 다른 관점을 접하고, 서로의 생각을 공유하게 돼."

가 네 샤 "나는 새로운 지식 형성 과정에서 우리가 마주치는 도전과 어려움을 타인과의 교류로 해결할 수 있다고 생각해. 나는 편견과 고정관념이 우리가 극복해야 하는 가장 큰 사고 저항이라고 생각한다네. 우리는 기존의 생각이나 믿음에 갇혀 새로운 아이디어를 받아들이는 데 어려움을 겪곤 하지만, 내가 아닌 타자와의 상호작용이 이러한 상황의 해결책이 되어주지."

비 슈 누 "물론 편견과 고정관념을 깨부수는 것도 중요하지만 나는 새로운 정보의 신뢰성과 정확성을 평가하는 것이 더 중요하다고 생각한다네. 잘못된 정보나 오해를 바탕으로 새로운 지식을 형성하면, 그 결과는 오류가 될 수 있어. 다만 중요한 것은 그 이후일세. 바로 '혁신'을 만들어내는 것이지. 새로운 지식을 형성하는 과정에서 혁신적인 생각을 어떻게 촉진할 수 있을까? 창의성을 발휘하여 새로운 지식을 창출하는 것은 어떻게 가능한 것인가?"

가 네 샤 "창의성을 발휘하기 위해서 우리는 기존의 틀에서 벗어나 새로운 방식으로 사고해야 하네. 새로운 환경에 노출되거나, 다른 분야의 지식을 탐구하거나, 다양한 시도를 반복하는 것이 혁신적인 생각을 촉진할 수 있어. 창의성은 자유롭고 개방적인 사고방식에서 비롯되니까. 하지만 우리는 이 과정에서 지식 만능론자가 되어서는 안돼. 지식이 모든 것의 해결책은 아니기 때문이네. 나는 지식이 자체적으로 내재된 한계를 갖고 있다고 생각하네."

지식의 한계는 무엇인가

비슈누   "가네샤. 나는 솔직히 말해 지적 능력에 대한 인간의 가능성을 굉장히 높게 평가한다네. 지식은 우리가 가진 대부분의 문제를 해결해 주지. 대체 우리가 얻을 수 있는 지식에 어떤 한계가 있다고 생각하나?"

가네샤   "지식의 한계는 우리의 지적 능력과 관련된 것이 아니네. 우리가 세계를 인식하는 방식과 깊이 연관되어 있는 것이지. 지식의 제한은 곧 인식 능력의 제한에서 기인한다네. 인간의 인식 능력은 본질적으로 제한되어 있기 때문에, 우리가 알 수 있는 것과 알 수 없는 것 사이에 경계를 만들어. 예를 들어, 우리의 감각은 특정 범위의 자극만을 감지할 수 있고, 우리의 이해 능력도 복잡한 현상들을 완전히 이해하는 데는 한계가 있지."

비슈누   "그렇군. 하지만 인식적 한계는 우리의 의지로 해결할 수 없어. 생물학적인 한계이기 때문일세. 대체 그러한 방식으로 지식의 한계를 인정하는 것이 우리에게 어떤 의미를 가진다는 말인가? 근본적으로 우리가 알고 있다고 인식하는 범위를 제한하게 만들텐데 말이야. 나는 그것이 도움이 될 것 같다고는 생각하지 않네"

가네샤   "지식의 한계를 이해하는 것은 우리가 겸손하게 세계를 바라보게 해. 이것은 우리에게 더 개방적이고 다른 관점을 수용하려는 태도를 갖게 만든다네. 이러한 태도는 지속적으로 배우고자 하는 학습 의지를 유지하게 하지. 이것은 우리가 지식을 추구하는 과정에서 중요한 요소가 돼."

비 슈 누 　"그렇구만. 지식의 한계를 인식하는 것이 우리가 새로운 지식을 추구하는 방식에 진정성 있는 변화를 가져올 수 있겠어. 우리가 지식을 통해 얻을 수 있는 통찰의 한계를 인식하면, 더 다양한 방법과 접근법을 탐색하게 되고 기존의 사고방식에 도전하게 될 테니까.

가 네 샤 　"바로 그것일세. 한계를 이해하는 것이 우리가 더 혁신적이고 창의적인 방식으로 문제를 해결하고, 새로운 영역을 탐험하는 데 도움을 줘. 이는 결과적으로 우리가 더 포괄적인 이해를 추구하도록 동기를 부여한다네."

비 슈 누 　"하지만 우리는 인식의 한계에도 불구하고 우리에게 내재된 제한을 뛰어넘기 위해 노력해야 해. 결국에 우리가 추구해야 하는 것은 기존에 인식된 지식의 한계를 넘어서는 일이기 때문이라네. 그것을 위해서 우리가 연구하는 것이기도 하고. 이러한 관점에는 동의하는가?"

가 네 샤 　"물론이지! 지식의 한계를 뛰어넘어 새로운 지식 체계를 만드는 것은 우리 모두의 숙원이니까. 우리는 스스로의 지적 이해를 확장하고, 새로운 영역을 탐험하려는 근본적인 욕구를 갖고 있어. 지식의 한계에 도전함으로써, 우리는 새로운 이론을 개발하고, 이전에는 불가능하다고 생각했던 것들을 이해할 수 있게 돼. 나는 지식을 사랑하고 따르는 사람으로써 그러한 관점에 적극적으로 동의한다네."

비 슈 누 　"가네샤, 그렇다면 지식의 한계를 인식하는 것이 우리가 정보를 해석하고 적용하는 방식에 어떤 영향을 미친다고 보는가?"

가 네 샤   "지식의 한계를 인식하면 우리는 정보를 해석하고 적용하는 데 있어 더 신중하고, 비판적으로 접근하게 되겠지. 이것은 우리가 보다 더 균형 잡힌 결론에 도달하는 데 도움을 줄거야."

비 슈 누   "맞네. 결국 지식의 한계를 인식하고 적절히 대처해 타당한 결론을 내릴 수 있게 될 거야. 하지만 생각해보니, 객관적인 결론을 내리는 데 방해가 되는 요인이 하나 더 있네. 논증과 사고의 오류가 바로 그것이지."

오류에 빠지는 이유

비 슈 누   "가네샤, 우리가 오류에 빠지는 이유에 대해 생각해 본 적 있나? 특히 지식을 추구하고 연구하는 전문가인 우리조차 왜 오류에 빠지는 걸까? 우리는 명확한 근거에도 불구하고 잘못된 사고를 우리의 결론에 접목시키고는 해. 예를 들면 복잡한 문제나 사건의 원인을 단 하나의 원인에만 귀속시키는 오류를 범하고는 한다네."

가 네 샤   "나도 그 문제를 항상 인식하고 있었네. 아무래도 오류에 빠지는 주된 이유 중 하나는 우리의 인식 능력에 내재된 한계인 것 같아. 우리는 종종 우리가 가진 정보나 경험을 토대로 결론을 도출하는데, 이 과정에서 잘못된 가정이나 편향된 생각에 의존하는 경향이 있는 것 같아. 이러한 오류들은 우리가 복잡한 정보를 단순화시켜 이해하려는 경향 때문에 발생한다네."

비 슈 누 "나는 그래서 정보나 경험이 가끔씩 독이 되는 것처럼 느껴져. 과거의 성공 경험이나 실행 경험이 지금 이 순간에 적용되지 않음에도 불구하고 우리의 뇌는 그것이 가능하다고 판단하는 경우가 있는 것 같아. 이른바 직관의 오류라네."

가 네 샤 "경험과 정보도 그렇지만 나는 특히 우리의 신념도 오류의 발생에 영향을 준다고 생각해. 개인적인 신념이 우리가 정보를 해석하고 판단하는 방식에 악영향을 줄 수도 있다는 거지. 우리는 종종 우리의 기존 신념을 확증하는 정보에 더 주목하고, 그것과 모순되는 정보를 무시하거나 폄하하는 경향이 있어. 이러한 '확증 편향' 또한 우리가 오류에 빠지기 쉬운 한 이유야.

비 슈 누 "또한 우리는 신념뿐만 아니라 감정이나 선입견에 기반하여 판단을 내리기도 해. 이는 확실히 객관적인 사실과 다른 경우가 많지."

가 네 샤 "논의해보니 오류를 야기하는 요인들이 정말 많구만."

비 슈 누 "그럼 오류에 빠지지 않기 위해 우리가 취할 수 있는 조치는 무엇일까? 오류를 피하고 더 정확한 지식을 얻기 위한 전략을 구축할 필요가 있을 것 같군."

가 네 샤 "오류를 피하기 위해서는 비판적 사고와 자기성찰이 필요하네. 일반적인 방법이지만 가장 확실한 방법이지. 우리는 우리의 신념과 가정을 지속적으로 검토하고, 다양한 관점에서 정보를 평가해야 해. 동시에 다양한 출처를 고려하며, 우리의 판단에 대한 반대 의견을 고려하는 것도 오류를 피하는 데 도움이 되지."

비 슈 누 　 "그러니까, 자네의 말은 우리는 오류를 피하기 위해 다양한 관점을 고려하고, 자신의 판단을 지속적으로 검토해야 한다는 거지? 이런 과정이 우리가 더 신뢰할 수 있는 결론에 도달하는 데 어떻게 도움이 될까?"

가 네 샤 　 "당연하다네. 그걸 물어서 무엇하나. 우리가 다양한 관점을 고려하고 우리의 사유 과정을 계속해서 검토하면, 더 정확하고 객관적인 이해에 접근할 수 있어. 객관적인 사고가 우리가 그토록 찾아다니던 진리에 도달하게 해줄 것이라는 것에 일말의 의심도 없네. 진리를 추구한다는 것은 곧 우리가 가진 지식의 한계와 오류를 인식하고, 이를 넘어서 더 깊은 이해를 도모하는 것을 의미하니까."

진리란 무엇인가

비 슈 누 　 "가네샤, 우리는 종종 '진리'라는 말을 사용하지만, 진리란 실제로 무엇이라고 생각하나?"

가 네 샤 　 "비슈누, 진리를 이해하는 것은 철학적으로 매우 중요한 개념일세. 나는 진리를 현실에 부합하는 믿음이나 주장으로 보아. 즉, 진리는 객관적인 현실과 일치하는 것이지. 하지만 진리를 인식하는 것은 어려울 수 있어. 아까 말했듯이 우리의 지식과 경험 그리고 인식의 한계 때문에 완전한 진리를 파악하기는 쉽지 않네."

비 슈 누 　 "나도 진리를 파악하기 힘들다는 것은 동의하네. 우리에게 내재된 인식론적 한계로 인해, 우리가 진리를 추구하는 과정에서 겪는 어려움을 겪을 수 밖에 없어. 진리를 찾는다는 것이 실제로 가능한 일일까?"

가 네 샤   확실히 진리를 추구하는 과정은 형언할 수 없는 어려움의 연속일세. 가장 큰 문제 중 하나는 우리의 주관적인 경험과 신념이 진리를 왜곡한다는 거지. 하지만 진리를 추구하는 것은 가능해. 우리는 객관적인 관찰과 논리적인 추론을 할 수 있는 위대한 인간이지 않은가."

비 슈 누   그렇다면 명확한 인과 관계를 전제로 하는 연역적 논증에 따라 진리를 탐구하는 것이 진리를 발견하기 위한 전제 조건이 되겠군. 명확한 근거가 명확한 결론을 내줄 것이라는 것은 절대적인 진실이니까."

가 네 샤   "다시 한번 강조하지만 연역적 논증만큼이나 다양한 관점을 고려하는 것도 중요하네. 우리는 다른 사람들의 경험과 지식을 통해 우리 자신의 이해를 확장할 수 있고, 이는 우리가 진리에 더 가까이 다가갈 수 있게 해줘. 진리는 단일한 관점에서 파악되는 것이 아니라, 여러 관점을 통합함으로써 더욱 명확하게 드러나지.

비 슈 누   "그렇다면 진리에 대한 논의를 정리하자면, 객관적인 관찰과 논리적인 추론을 통해 진리에 접근할 수 있으며, 이러한 과정은 명확한 인과 관계를 전제로 하는 연역적 논증에 의존해야 하겠구만. 또한 다양한 관점을 고려하고 다른 사람들의 경험과 지식을 통합함으로써 우리 자신의 이해를 확장하고 진리에 더 가까이 다가갈 수 있겠어."

가 네 샤 "진리를 추구하는 일은 분명 어려운 과정이지만, 우리의 인식론적 한계에도 불구하고 그 가치는 매우 크다고 생각하네. 진리를 찾는 것은 단순히 지식의 확장이 아니라 우리가 세상을 보고 이해하는 방식을 변화시키는 과정이기 때문이지. 그렇기에 진리를 찾는 것이야말로 우리의 지적 개발에 궁극적인 가치를 부여하는 것이라 할수 있네. 그렇다면 마지막으로, 자네에겐 진리를 추구하는 것이 우리에게 어떤 궁극적인 가치를 가진다고 생각하나? 즉, 진리를 추구하는 것이 왜 중요한가?"

비 슈 누 "그야 진리를 추구하는 것이 우리에게 깊은 존재론적 가치를 제공하기 때문이지. 진리를 추구함으로써 우리는 세계를 보다 정확하게 이해하고, 우리의 행동과 신념을 더 잘 조율할 수 있을 것이라네. 이처럼 진리는 우리에게 지혜를 제공하고, 우리의 삶에 깊이와 의미를 부여해. 결국 진리를 추구하는 것은 우리가 보다 이해심 깊은 존재가 되는 데 도움을 준다네."

가 네 샤 "훌륭한 결론이군. 정말 자네와의 대화는 언제나 즐겁다네. 오늘도 많은 것을 깨닫게 되었어."

비 슈 누 "가네샤, 오늘 우리가 나눈 대화는 정말 풍부하고 다층적이었어. 오늘 지식과 관련하여 우리가 탐구한 주제들은 모두 중요한 통찰을 제공해주었지."

가 네 샤 "나도 그렇다고 생각해, 비슈누. 이 대화를 통해 우리는 지식의 다양한 측면들을 더 깊이 이해할 수 있었어. 우리가 배운 것들은 우리의 생각과 행동에 영향을 미치고, 우리가 세상을 바라보는 방식을 형성하는 데 도움이 될 걸세."

비 슈 누   "가네샤, 우리의 대화가 끝나가지만, 우리의 학습과 탐구는 계속될 거야. 우리가 오늘 나눈 통찰은 앞으로 우리가 새로운 지식을 탐구하고, 우리의 이해를 확장하는 데 큰 도움이 될 것 같네."

가 네 샤   "맞아. 우리는 항상 새로운 것을 배우고, 성장하기 위해 노력해야 해. 우리가 오늘 나눈 대화는 그 과정의 일부일 뿐이지. 하지만 앞으로도 우리의 지식과 이해는 계속해서 발전할 거야."

가네샤가 촛불을 하나 끄며, 두 철학자는 서서히 자리에서 일어납니다. 도서관 안의 고요함이 그들의 생각을 따라 부드럽게 울려 퍼집니다. 창문 밖으로는 밤하늘의 별들이 반짝이며, 고요한 달빛이 그들의 길을 비춥니다.

두 철학자는 조용히 도서관의 낡은 나무 문을 닫고 밖으로 나섭니다. 그들의 발걸음은 가벼우면서도 의미심장하게 울려 퍼집니다. 밤의 고요 속으로 사라지면서, 그들은 각자의 생각에 잠긴 채, 새로운 지식과 진리를 향한 여정을 계속 이어갑니다.

이제, 이 오래된 도서관은 이제 다시 고요함에 휩싸입니다. 그 안에 간직된 지식의 흐름은 계속해서 시간을 넘나들며, 미래의 탐구자들을 기다릴 것입니다.

06

휴식에 관하여

오래된 친구

06

휴식에 관하여
오래된 친구

우리는 마치 강가에 부드럽게 흐르는 물결처럼, 휴식을 통해 자신만의 평화와 여유를 찾아 나섭니다. 휴식은 일상의 번잡함을 잠시 벗어나 우리의 마음과 영혼에 쉼표를 던져주며, 창의력과 행복의 샘을 채워줍니다. 이 이야기는 바로 그런 휴식의 순간들을 필요로 하는 사람들의 교감에 대한 것입니다.

한 평온한 저녁, 부드럽게 흐르는 강가에서 두 사람이 만납니다. 한 명은 일상의 빠르고 치열한 물결 속에서 휩쓸려 온 도시의 거주민입니다. 다른 한 명은 차분하고 여유로운 자연 속에서 자신만의 시간을 즐기는 여유로운 방랑자입니다. 그들은 서로 다른 삶의 길을 걸어왔지만 지금은 같은 공간에서 만나, 삶의 균형과 휴식의 중요성에 대해 이야기를 나눕니다.

주변을 둘러싼 자연이 조용히 그들의 대화를 감싸 안습니다. 이 대화는 우리 모두에게 공감을 불러일으키며, 일상에서 벗어나 자신을 돌아보고 재충전하는 휴식의 가치를 되새기게 할 것입니다. 휴식이 우리의 삶에 더하는 의미는 무엇일까요? 쉼과 여유를 통해 우리는 어떻게 삶의 질을 높일 수 있을까요?

휴식이 필요할 때

마 리 아　"루카스, 나는 항상 바쁘게 살아가고 있어. 요즘 들어 정신적으로 너무 지쳐서, 어떻게 해야 할지 모르겠어."

루 카 스　"그럴 때에는 일을 잠시 내려두고 맘 편히 쉬어보는 건 어때?"

마 리 아　"난 쉴 수 없어. 일이 산더미인걸. 휴식을 취한다는 건 솔직히 사치처럼 느껴져."

루 카 스　"마리아, 휴식 시간을 즐기는 것은 결코 사치가 아니야. 오히려 꼭 해야 할 활동이지. 휴식은 우리에게 정신적 여유를 주고, 창의력을 자극하며 삶의 행복을 높여줘. 너는 휴식 시간에 어떤 활동을 할 때 가장 행복하게 느껴?"

마 리 아　"음, 나는 자연을 거닐거나, 조용한 음악을 듣는 것을 좋아해. 하지만 그런 것들에 시간을 쏟는 것이 내 일에 방해가 되지 않을까 봐 걱정돼."

루 카 스　"아니야. 휴식 시간을 갖는 것은 일의 효율성을 높여줘. 너 자신을 돌보며 너의 취미에 시간을 투자하는 것은 재충전의 시간이 되고, 결국엔 더 나은 업무 성과로 이어져. 휴식을 통해 너 자신을 발견하고 삶의 균형을 맞추는 건 어떨까?"

마 리 아　"그런 관점에서 본 적은 없었어. 휴식이 정말 그렇게 중요한 역할을 할 수 있을까?

루 카 스　"물론이지. 오히려 휴식이 업무의 윤활유가 되어 더 높은 성과를 내도록 도와줄거야. 다만 너에게 맞는 방법을 활용해 너의 삶에 조화되도록 통합시켜야만 해."

마 리 아   "루카스. 그럼 나에게 적합한 방법을 찾고, 휴식을 삶에 통합시키는

방법에 대해 조언해줄 수 있을까?"

루 카 스   "물론이지. 우선, 휴식하는 방법은 개인마다 달라. 너에게 중요한

것은 무엇인지, 어떤 활동이 너를 행복하게 하는지 고민해봐. 그리

고 그것을 너의 일상에 조금씩 통합시켜보는 거야. 예를 들어, 주말

마다 짧은 여행을 떠나거나, 매일 조금씩 음악을 듣거나 책을 읽는

시간을 갖는 것도 좋아. 무엇보다도 휴식이 필요하다고 느낄 때는

보통 몸과 마음이 지친 상태야. 네가 느끼는 지침이나 무기력함이

바로 휴식의 신호일 수 있어. 이런 순간에는 일상에서 벗어나 새로

운 환경과 활동을 경험하는 것이 필요해. 휴식을 통해 너는 에너지

를 회복하고, 생각을 정리할 수 있어."

마 리 아   "그렇구나. 하지만 휴식 시간을 갖는다는 것이 항상 쉬운 일은 아니

야. 특히 바쁜 일정 속에서는 더욱 그래. 휴식 시간을 만드는 방법

에 대한 너의 조언이 필요해."

루 카 스   "휴식 시간을 만들기 위해서는 일정 관리가 중요해. 네 일정을 재조

정하고, 필요하지 않은 약속이나 활동을 줄여. 너만의 시간을 명확

히 설정하고, 그 시간을 오롯이 너를 위한 시간으로 만들어. 휴식할

시간조차 없다는 것은 시간을 잘못 계획하고 있다는 말이니까."

마 리 아   "일정을 재조정하는 것은 매우 좋은 생각인 것 같아. 시간을 만들고

나면 이제 휴식 방법을 정하고 편하게 휴식을 하면 되겠네."

루 카 스   "맞아. 그 과정에서 가장 중요한 것은 네가 진정으로 즐기고, 편안

함을 느끼는 활동을 찾는 거야. 휴식 시간은 너를 위한 시간이니, 너 스스로에게 집중하고, 네가 좋아하는 것들을 해."

마 리 아   "나 스스로에게 집중하는 것. 듣고 보니 그게 정말 중요한 것 같아. 그 말을 잊지 않을게. 그럼 휴식을 통해 삶의 질을 향상시키는 것에 대해 조금 더 말해줄 수 있을까? 휴식이 우리 삶에 어떤 긍정적인 영향을 미칠 수 있는지 궁금해."

루 카 스   "휴식을 통해 삶의 질을 향상시키는 것은, 우리가 스트레스를 줄이고, 건강을 증진시키는 데 큰 도움을 줘. 네가 정기적으로 휴식 시간을 갖는다면, 너는 더 활기차고 만족스러운 삶을 경험할 수 있어. 따라서 우리는 가끔은 잠시 쉬어가야만 해."

마 리 아   "알겠어. 그럼 지금부터는 조금이라도 틈틈이 쉬도록 노력해볼게."

휴식을 통한 성장

루 카 스   "좋은 생각이야, 마리아. 다시 한번 강조하지만 쉰다는 것은 너무나도 중요해. 휴식은 우리의 에너지를 재충전하고, 사고의 명료함을 가져다줘. 네가 쉬는 동안에는 뒤처진다고 느낄 수 있지만, 실제로는 장기적으로 더 많은 것을 이룰 수 있는 거지. 쉬어가는 것은 멈춰가는 개념이 아니야. 오히려 휴식하는 동안에도 우리는 성장할 수 있어."

마 리 아   "휴식하는 동안 성장한다는 발상은 굉장히 신선하네. 그게 실제로 실현가능해?"

루 카 스 "물론이지. 휴식하는 동안에 우리는 다양한 방법으로 성장해. 휴식 시간 또한 우리가 운용할 수 있는 우리만의 시간이니까. 이 시간을 이용해 새로운 취미나 관심사를 탐색하거나, 단순히 마음의 평화를 찾는 것만으로도 우리는 발전할 수 있어."

마 리 아 "아, 그렇구나. 새로운 취미나 관심사를 탐색한다는 건, 일상에서 벗어나 새로운 것을 배우고 경험할 기회가 될 수도 있겠네. 그렇게 해서 얻은 새로운 지식이나 기술은 결국 나를 더 발전시키는 데 도움이 될 것 같아."

루 카 스 "맞아. 중요한 건 휴식이 단순히 '쾌락을 추구하는 시간'이 아니라는 거야. 그 시간을 이용해 자기 성찰을 하거나, 삶에 대해 새롭게 생각해보는 기회로 삼는 것이지. 그렇게 하면, 휴식은 단순한 휴식을 넘어서 실제로 너를 성장시키는 시간이 되는 거야."

마 리 아 "그렇게 쉬어가는 것이 실제로 나의 성장과 발전에 도움이 될 수 있다는 거네. 나는 항상 앞으로 나아가야 한다고 생각했는데, 쉬어가는 것도 중요하다는 걸 이제야 깨닫게 되었어. 그럼 휴식을 취하면서도 어떻게 계속해서 성장하고 있다는 것을 인지할 수 있을까?"

루 카 스 "휴식 중에도 성장하고 있다는 것을 느끼는 방법은 쉬어가는 시간 동안 네가 어떻게 느끼고, 어떻게 생각하는지에 집중하는 거야. 쉬어가면서 네가 무엇을 배우고 있는지, 어떤 새로운 아이디어나 감정이 생기는지 관찰해. 휴식은 너의 마음과 몸을 재설정하는 시간이자 새로운 관점과 아이디어를 얻을 수 있는 기회야. 너 자신에게 질문을 던져보고, 내면의 목소리에 귀 기울여봐. 그 과정에서 네가 얼마나 성장하고 있는지 깨달을 수 있을 거야."

마 리 아   "그렇구나, 내면의 목소리에 귀 기울이는 것, 쉬는 시간에 내 자신을 더 깊이 이해하고, 새로운 관점을 얻는 것이 정말 흥미로운 것 같아."

루 카 스   "무엇보다도 휴식이 우리에게 주는 가장 큰 선물은, 바로 '재생성'이야. 우리의 에너지를 재충전하고, 우리의 창의력과 열정을 다시 불러일으키는 거지! 휴식은 우리가 우리의 강점과 약점을 더 잘 이해하도록 도와주고, 우리 삶의 목표와 방향에 대해 더 명확하게 생각하게 해. 결국, 휴식은 우리가 삶을 더 효과적으로 계속 나아갈 수 있게 준비시켜주는 거야."

어떻게 휴식해야 하는가

마 리 아   "휴식의 중요성은 충분히 알았어. 하지만 나는 항상 쉬어가는 방법을 찾는 데 어려움을 겪어. 나는 어떻게 휴식을 취해야 할까?"

루 카 스   "마리아. 나는 정확히 어떤 활동이 좋다고는 해줄 수는 없어. 효과적으로 쉬어가는 것은 너의 개인적인 취향과 필요에 맞춰져야 해. 휴식을 위한 첫 번째 단계는 네가 무엇을 하고 싶은지, 무엇이 너를 편안하게 하는지 스스로에게 묻는 거야. 너가 편안하다면 그 무엇이든 방법이 될 수 있어. 중요한 것은 네가 그 활동에서 기쁨과 평온함을 느끼는지야."

마 리 아 "알겠어. 나 자신에게 무엇이 필요한지 묻는 것부터 시작해야겠어. 하지만, 정말로 쉬고 있다는 것을 어떻게 알 수 있을까? 나는 쉴 때도 일로 인해 마음은 여전히 바쁜 것 같아."

루 카 스 "좋은 질문이야. 진정으로 쉬고 있다는 것을 알 수 있는 방법은 성장하고 있다는 것을 인지하는 방법과 동일해. 그저 네가 그 순간을 어떻게 경험하는지에 집중하는 거야. 네 마음이 현재에 집중하고 있고 너의 몸이 이완되어 있다면, 너는 진정으로 휴식을 취하고 있는 거야. 만약 네 마음이 계속해서 바쁘게 느껴진다면, 다른 활동들을 찾아봐야 해. 이러한 활동들은 너의 마음을 진정시키고, 현재 순간에 집중하게 도와줄 거야."

마 리 아 "몸과 생각을 이완시키는 게 말은 정말 쉽지만 실제로 이행하기에는 쉽지가 않아. 나는 그런데 쉬어가면서도 머릿속이 복잡한 경우가 많거든. 휴식을 취하는 동안에 어떻게 이런 고민을 잊을 수 있을까?"

루 카 스 "휴식을 취하는 동안 스트레스나 걱정을 떨쳐내는 것은 확실히 쉽지 않아. 우리의 의지로 조절할 수 있는 일이 아니거든. 우리의 두뇌가 신경쓰이는 것을 계속 상기시키려는 특성을 갖고 있어서 그런 거야. 네가 할 수 있는 것은 그러한 문제가 있다는 것을 그냥 인정하는 거야. 그것에 과도한 에너지를 쏟지 않고 휴식에 전념하도록 사고를 계속 전환시킨다면 결국에는 휴식에 집중할 수 있게 될 거야.

마 리 아   "좋아. 스트레스와 걱정에서 벗어나는 것이 휴식의 중요한 부분이
되겠어. 대화를 나누다 보니 또 좋은 질문이 생겼어. 그럼 휴식은
내 마음이 진정되거나 피로가 회복될 때 까지만 하면 되는 건가?

루 카 스   "휴식의 기준은 상황에 따라 달라. 쌓인 피로가 많은데 중요한 업무
를 앞두고 있다면 충분히 많은 시간 쉬어야 하겠지만, 일상적인 스
트레스나 가벼운 피로감의 경우에는 짧은 휴식이나 여가 활동으로
도 충분할 수 있어. 중요한 것은 네가 현재 상황에서 얼마나 휴식이
필요한지를 정확히 파악하고 그에 맞게 조절하는 거야. 휴식은 단
순히 시간을 보내는 것이 아니라, 네 신체와 마음의 상태를 재조정
하고, 에너지를 회복하는 과정이기 때문에 각 상황에 맞게 유연하
게 대응하는 것이 중요해."

마 리 아   "그렇다면 휴식을 취할 때 계획을 세우고 집중해야 할까? 아니면
완전히 자유로운 상태로 쉬어야 할까? "

루 카 스   "그러한 상황에 중요한 것은 계획과 추동 사이의 균형을 고려하는
거야. 네가 취미나 관심사를 탐구하고 싶다면, 네가 진정으로 즐길
수 있는 활동을 선택하고 가장 효과적으로 시간을 보낼 방법을 계
획해. 하지만 동시에 계획 없이 자유롭게 시간을 보내는 것도 중요
해. 때로는 아무런 계획 없이 휴식을 취하는 것이 네게 필요한 휴식
을 제공해. 진정한 휴식은 너의 몸과 마음이 필요로 하는 것을 인식
하고, 그것에 따라 행동하는 것이야. 때로는 계획을 세우고, 때로는
계획 없이 자유롭게 쉬어가는 것이 중요해."

마 리 아   "네 말을 들으니 휴식이 더욱 중요하고 필요하다는 생각이 들어. 루

카스, 너의 조언 덕분에 휴식을 바라보는 나의 관점이 바뀌었어. 이제 나는 쉬어가면서도 내 자신을 위해 더 나은 것들을 할 수 있을 것 같아."

루 카 스 "마리아, 언제나 너를 지지하고 응원할게. 쉬어가면서 너 자신을 위해 시간을 내고, 네가 정말로 좋아하는 것들을 하며 너 자신을 돌보는 것을 잊지 마. 휴식은 너의 삶을 더 풍부하고 의미 있게 만들어줄 거야. 기억해, 휴식은 삶의 중요한 부분이고, 네가 더 행복하고 건강한 삶을 살 수 있게 도와줄 거야."

일과 휴식 사이의 균형

마 리 아 "지금은 삶의 영역을 채워가는 과정에 있어서 정말 휴식이 중요하다는 걸 느껴. 그런데 휴식 시간을 갖는 것과 일 사이의 균형을 맞추는 게 쉽지는 않을 것 같아. 일과 휴식 사이에서 균형을 잘 맞추는 방법에 대해 조언해 줄 수 있을까?"

루 카 스 "일상과 휴식 사이의 균형을 찾는 것은 계획과 자기 인식에서 시작돼. 네 일상을 살펴보고, 어떤 활동이 너에게 에너지를 주고, 어떤 것이 너를 지치게 하는지 파악해봐. 그러면 휴식을 통해 너가 얼마나 회복할 수 있는지 알게 될거야. 그러면 너는 휴식 시간을 효과에 따라 의도적으로 배치할 수 있어. 이때 일과 휴식 사이에 명확한 경계를 설정하는 것이 중요해."

마 리 아	"그 과정은 시행착오가 좀 필요하겠네. 어떤 휴식이 얼마나 효과를 주는지 측정해야하니까. 그 시행착오를 조금 줄이기 위한 방법은 없어?"
루 카 스	"그럴 땐 자신의 우선순위를 명확히 설정하면 좋아. 무엇이 정말 중요한지, 어떤 활동이 네게 에너지를 주는지 생각해보는 거지. 여기서 중요한 것은 일과 휴식은 서로를 보완되어야 한다는 사실이야. 네가 일에만 집중하면 지치고, 휴식에만 치중하면 목표 달성이 어려워져. 균형을 찾기 위해서 일정한 시간을 정해두고, 그 시간 동안은 전적으로 휴식에 집중하는 것도 좋은 방법이야."
마 리 아	"그래, 우선순위를 설정하는 것이 정말 중요한 것 같아. 일에 치여 살다 보니, 무엇이 내게 중요한지 잊고 살았던 것 같아. 휴식을 통해 다시금 내가 무엇을 원하고, 무엇을 중요하게 생각하는지 찾아봐야겠어. 휴식이 이렇게 유용한 줄은 이제 알았어. 이제부터는 휴식 옹호론자가 될 것 같아."
루 카 스	"그 중요성을 알아서 다행이야. 그래도 휴식을 절대 과하게 해서는 안 돼. 뭐든 과하면 스트레스가 될 수 있으니까. 따라서 휴식이 너의 일상적인 책임을 방해하지 않도록 주의해야 해. 휴식은 너를 재충전시키고 너에게 영감을 주기 위한 것이지, 너의 일상을 방해하면 안 되거든. 휴식 활동을 선택할 때는 너의 정신적인 만족을 우선시해야 하고, 그것이 너에게 긍정적인 영향을 주는지 항상 확인해야 해."
마 리 아	"네 말이 맞아. 휴식 역시 적당히 즐겨야겠어. 루카스, 네 조언 덕분

에 휴식의 중요성을 새롭게 깨달았어. 이제 나도 휴식을 통해 더 건
강하고 행복한 삶을 살아갈 수 있을 것 같아."

루 카 스   "마리아, 네가 삶의 기쁨을 찾고 건강하게 지내길 바라. 휴식은 삶
의 한 부분이고, 그것을 즐기는 것은 네 삶을 더욱 풍요롭게 만들
어. 기억해. 너 스스로에게 시간을 투자하는 것은 결코 시간 낭비가
아니라는 것을. 네가 행복할 때, 너의 삶은 더욱 의미 있고 즐거워
져."

　어둠의 조금씩 깊어져가며, 마리아와 루카스는 휴식에 관한 대화를 마무리합
니다. 강가의 부드러운 물결 소리는 그들의 대화에 평온함을 더해주며 이들의
교감은 일상에서 벗어나 여유를 찾는 것이 얼마나 중요한지를 일깨워줍니다.

　이제 마리아의 마음속에 새로운 빛이 밝게 빛납니다. 마리아는 이제 휴식의
중요성을 깊이 이해하며, 일상으로 돌아가서도 이 순간의 평온함과 여유를 마
음속에 간직할 것입니다. 이 아름다운 저녁은 마리아에게 휴식과 재충전의 중
요성을 깨닫게 해주며, 일상 생활에서의 균형과 행복을 찾는 데 도움을 주었습
니다.

07

죽음에 관하여

할아버지와 아이

죽음에 관하여

할아버지와 아이

고풍스러움이 가득한 도시 외곽의 별장에서, 시간의 막다른 흐름을 마주한 할아버지와 그의 어린 손자가 이야기를 나눕니다. 이 둘의 만남은 삶과 죽음, 무한함과 일시성 사이의 경계에서 펼쳐지는 깊은 대화로 이어집니다.

할아버지는 삶의 경험과 지혜가 묻어나는 노인으로, 삶과 죽음에 대해 깊이 사색하고 있습니다. 그의 곁에는 죽음의 의미를 탐구하고자 하는 호기심 많은 손자가 자리하고 있습니다.

별장의 조용한 정자에서, 이 둘은 별빛이 쏟아지는 밤하늘 아래 자리를 잡고, 인생의 신비와 그 속에서 마주하는 죽음에 대해 서로의 생각을 나눕니다. 할아버지의 삶에 대한 풍부한 경험과 손자의 순수한 호기심이 어우러지며, 죽음과 삶의 진정한 의미를 탐구합니다.

할아버지는 별빛을 바라보며 과거의 추억과 현재의 감각을 이야기하고, 손자는 자신의 궁금증과 상상을 할아버지에게 털어놓으며, 삶의 마지막에 대한 답을 찾아 나섭니다. 별빛이 살포시 그들의 대화를 비추며, 삶과 죽음의 깊은 의미를 조용히 드러낼 것입니다.

죽음이란

아　　이　　"할아버지, 오늘 제 친구의 할머니가 돌아가셨다고 해요. 그래서 친구가 엄청 슬퍼했어요. 누군가 죽는다는 것은 너무 슬픈 것 같아요. 죽음이란 대체 무엇일까요?"

할아버지　　"저런. 친구가 많이 슬펐겠구나. 하지만 죽음에 대해 너무 심각하게 생각할 필요는 없어. 죽음이란 삶의 마지막 장을 덮는 것과 같단다. 우리의 삶은 책과 같아서, 각각의 페이지가 우리의 삶을 연결하지. 죽음은 그저 그 책을 닫는 것일 뿐이야."

아　　이　　"책은 마지막 장을 덮으면 끝나잖아요. 결국 죽는다는 것은 곧 모든 것이 끝난다는 말인가요?"

할아버지　　"그렇지는 않아. 우리가 살아온 이야기는 여전히 남기 때문이지. 우리의 기억 속에서, 우리가 알고 있던 사람들의 행적과 자취는 기억과 기록이라는 형태로 남는단다. 죽음이란 단지 생을 이루는 하나의 과정일 뿐이야."

아　　이　　"그렇다면 할아버지는 죽음을 두려워하지 않으세요?"

할아버지　　"나는 삶을 충분히 살았다고 느껴. 내가 살아온 모든 순간들이 나를 오늘의 나로 만들었어. 죽음은 삶의 필연적인 부분이며, 그것을 받아들이는 것은 우리가 성숙해졌다는 증거란다. 죽음을 두려워하기보다는 살아있는 순간들을 소중히 여기며 살아가는 거야. 그게 바로 삶을 대하는 바른 태도란다. 그래서 나는 죽음을 두려워하지 않아."

아 이   "말씀을 듣고나니 죽음이 조금 덜 무서워지는 것 같아요. 삶이 끝나더라도, 우리가 남긴 것들이 계속 남아 있으니까요."

할아버지   "그렇단다. 우리가 이 세상에 남긴 사랑과 배움 그리고 추억들은 영원히 지속되지. 죽음은 단지 통과점일 뿐, 우리의 영향은 계속해서 퍼져나가. 너도 언젠가 이해하게 될 거야. 삶을 최대한 즐기고, 항상 네 마음을 따르렴."

아 이   "그렇다면 제가 좋아하는 일을 해야겠어요. 저는 반드시 제가 원하는 것을 하면서 살거에요. 제 영향력을 키우기 위해서요."

할아버지   "맞아. 삶에서 가장 중요한 것은 우리가 어떻게 살아왔는가 하는 것이야. 사람은 누구나 죽음을 마주하지만, 진정 중요한 것은 우리가 어떤 삶을 살았는지, 어떤 사랑을 나눴는지, 어떤 가치를 창조했는지란다. 네가 남에게 베푼 친절과 네가 이룬 성취, 네가 느낀 감정들이 모두 네 삶의 가치를 만드는 거야. 죽음은 결국 모든 이의 끝이지만, 우리가 남긴 흔적은 영원히 남아."

아 이   "그럼 할아버지는 어떤 흔적을 남기고 싶으세요?"

할아버지   "나는 내가 사랑했던 사람들에게 좋은 추억을 남기고 싶어. 너희들과 함께 보낸 시간과 나눴던 이야기들 같이 나를 행복하게 했던 시간들 말이야. 그리고 우리가 함께 웃고 울었던 순간들도 같이. 나는 내가 너희에게 어떤 할아버지였는지, 그리고 나의 삶이 어떻게 너희에게 영향을 미쳤는지를 기억해주길 바라. 그럼 내가 세상을 떠난 후에도 너희 마음 속에 남아 있는 그 모든 추억들이 바로 나의 삶의 의미이자 나의 흔적이 될 거야."

아   이   "저도 할아버지처럼 의미 있는 삶을 살고 싶어요. 할아버지의 말씀을 듣고 나니, 삶과 죽음에 대해 더 깊이 생각하게 되는 것 같아요."

할아버지   "그렇게 생각한다면, 나는 벌써 너에게 중요한 것을 전달한 거야. 삶은 짧지만 예측할 수 없어. 그러니 매일을 소중히 여기고, 네가 진정 원하는 것을 향해 나아가렴. 죽음은 모두에게 찾아오지만, 너의 삶은 오직 너만의 것이니까."

아   이   "삶을 살아가는 방법과 자신의 죽음을 받아들이는 법은 알겠어요. 그런데 아는 사람의 죽음이 슬프지는 않으세요? 사랑하는 사람을 잃는다는 건 너무 슬픈 일이에요."

할아버지   "젊은 시절, 아는 사람의 죽음을 겪은 적이 있단다. 친구가 젊은 나이에 갑작스럽게 세상을 떠났어. 정말 친했던 친구였지. 사랑한다고 표현해도 될만큼. 그때 친구의 죽음을 통해 죽음의 의미와 삶의 소중함을 처음으로 깨달았어. 타인의 죽음은 확실히 슬프단다. 하지만 그것은 우리에게 삶을 더 사랑하라는 메시지를 줘. 따라서 우리는 매 순간을 소중히 여기고 삶의 의미를 찾으려 노력해야 해. 삶의 모든 순간이 소중하다는 것을 인식할 때, 죽음에 대한 두려움도 줄어들게 된단다."

아   이   "할아버지의 말씀대로 삶을 더 소중하게 느껴야겠어요. 하지만 삶에는 정말로 소중한 것이 많은 것 같아요. 할아버지는 삶에서 무엇이 가장 소중하다고 생각하시나요?"

할아버지 　"삶에서 가장 중요한 것은 사랑과 관계 그리고 삶의 경험이야. 내가 젊었을 적 친구를 잃었을 때, 나는 사람들과의 관계가 얼마나 중요한지 깨달았어. 죽음은 우리에게 삶의 순간들을 진심으로 사랑하고, 그 순간들을 의미 있게 만들라고 가르쳐줘."

아　이 　"저도 제 삶을 어떻게 살아야 할지에 대해 다시 생각하게 되네요. 삶과 죽음을 바라보는 관점이 할아버지 덕분에 조금 변화한 것 같아요."

할아버지 　"그래. 너가 깨닫게 된 통찰 또한 내가 남기고 싶은 것이란다. 결국 삶은 우리가 만들어가는 것이야. 하루하루를 의미 있게 만들려고 노력해야 해. 네가 웃고, 사랑하고, 배우고, 성장하는 모든 순간이 네 삶을 풍부하게 만들어. 죽음을 두려워하기보다는, 삶을 사랑하는 마음을 가져. 그리고 기억해, 삶은 항상 변화한다는 것을. 두려움을 극복하고 그 변화를 받아들여야 해."

죽음을 마주할 때

아　이 　"할아버지, 저는 요즘 할아버지가 많이 편찮으신 것 같아서 걱정이 돼요. 할아버지는 종종 죽음을 준비하고 있다고 말씀하시잖아요."

할아버지 　"그래. 나는 요즘 내 삶을 되돌아보곤 한단다. 나는 요즘 삶을 어떻게 살았는지 생각하고는 해"

아　　이　　"사람들은 죽기 전에 예전의 삶을 반추하고는 한다는 데 할아버지
　　　　　 도 그런 과정을 거치시는군요. 지니가버린 삶을 다시 생각할 때 가
　　　　　 장 많이 떠오르는 게 무엇인가요?"

할아버지　"내 어릴적 꿈이 가장 많이 떠올라. 생각해보면, 내 삶은 꿈을 이루
　　　　　 기 위한 과정의 연속이었어. 때로는 현실과 타협해, 꿈에서 멀어지
　　　　　 기도 하였지. 하지만 만약 그랬다면 정말로 후회했을 것 같구나."

아　　이　　"그렇다면 우리가 꿈을 이루지 못한다면 죽기 전에 많이 슬퍼질까
　　　　　 요?

할아버지　"아마도 삶의 마지막 순간에는 꿈의 달성 여부와는 상관없이 평화
　　　　　 와 수용의 느낌이 들 거야. 삶을 살아온 모든 순간들이 결국은 모두
　　　　　 소중한 경험이었다는 것을 깨닫게 될 테지. 그러면 내가 사랑하는
　　　　　 사람들에게 감사함을 느끼게 돼."

아　　이　　"삶과 죽음에 대해 이렇게 이야기하다 보니, 죽음이라는 것이 조금
　　　　　 덜 무서워진 것 같아요. 결국 죽음은 삶을 더 소중하게 만드는 일종
　　　　　 의 깨달음이군요. 그래도 죽고 싶지는 않지만요."

할아버지　"하하하. 죽음이 깨달음은 준다고는 해도 죽고 싶은 사람은 없지.
　　　　　 그래도, 죽음은 우리에게 삶의 소중함을 깨닫게 해주는 교사 같은
　　　　　 존재란 건 사실이야. 죽음이 존재하기 때문에, 우리는 삶을 더 사랑
　　　　　 하고 각 순간을 의미 있게 살아가게 돼."

아　　이　　"그럼 삶의 마지막 순간에 우리가 가장 기억에 남는 것은 무엇일까
　　　　　 요?

할아버지 "삶의 마지막 순간에 가장 기억에 남는 것은 사랑과 관계가 아닐까
싶어. 물론 사람마다 다르겠지만. 하지만 우리가 얼마나 많이 사랑
했고, 어떻게 다른 이들과 관계를 맺었는지는 정말 중요해. 사랑과
관계는 죽음을 넘어서도 우리를 따뜻하게 해준단다.

아　　이 "왜 사랑과 관계가 가장 기억에 남으세요? 인생에서는 그것 말고도
중요한 것이 많이 있잖아요."

할아버지 "맞아, 인생에서 중요한 것은 많지. 하지만 결국 사랑과 관계는 우
리의 삶을 가장 크게 형성하는 요소들이야. 이것들은 우리가 누구
인지, 우리의 삶이 어떤 의미를 가지는지를 정의해주지. 성공과 성
취, 물질적인 것들도 중요하지만, 그것들은 종종 시간이 지나면서
그 가치가 변해. 하지만 사랑과 인간 관계는 시간이 지나도 변하지
않는 가치를 가지고 있어. 그것들은 우리가 진정으로 연결된 존재
라는 것을 상기시켜주고, 인생에서 가장 깊은 만족과 기쁨을 가져
다 줘. 그래서 난 사랑과 관계를 가장 기억에 남는 것으로 여겨. 이
것들이 바로 우리의 존재를 가장 깊이 있게 만들어주는 것들이거
든."

아　　이 "할아버지, 저는 할아버지와의 대화를 통해 죽음에 대해 많은 것을
배웠어요. 삶을 더 소중히 여기고, 각 순간을 최선을 다해 살아가고
싶어요."

할아버지 "그렇게 하렴. 삶의 각 순간을 소중히 여기고, 사랑하는 마음을 간
직하며 살아가면, 죽음이 다가왔을 때 너는 평화롭게 그 순간을 맞
이할 수 있을 거야. 삶과 죽음 모두 우리가 경험하는 중요한 부분이

란다. 항상 삶과 죽음은 서로를 보완하는 것들임을 기억하거라. 너는 너의 삶을 최대한 의미 있고 행복하게 만들어야 해. 그리고 기억해, 너는 언제나 사랑받고 있단다."

아　　이 "할아버지, 제가 삶과 죽음에 대해 더 깊이 생각할 수 있게 해주셔서 감사합니다. 할아버지의 이야기와 경험은 제게 큰 가르침이 되었어요."

죽음이 우리에게 알려주는 것

할아버지 "네가 생각하기에 죽음이 우리에게 무엇을 알려주는 거라고 생각하니?"

아　　이 "할아버지, 저는 그래도 역시 죽음이 무서워요. 아직 저는 할아버지만큼 죽음에 대해 깊게 생각해보지는 않았어요. 하지만 확실한 것은 죽음은 삶을 더 소중히 여기게 해주는 것 같아요."

할아버지 "맞아. 죽음은 삶의 소중함을 일깨워 줘. 우리는 죽음을 통해 현재의 순간을 가치 있게 여기게 되고, 사랑과 인간 관계의 중요성을 깨닫게 돼. 살아온 삶을 돌아보며 이루지 못한 꿈들을 생각해보게 되지. 가장 중요한 건, 매 순간을 의미 있고 행복하게 살아가는 거야. 그렇게 하면 후회 없이 그 순간을 맞이할 수 있어."

아　　이 "죽기 전에 후회할 일이 남아있다면 정말 허망할 것 같아요. 저는 하고 싶은 일이 정말로 많거든요. 할아버지는 후회가 되는 일이 없으신가요?"

할아버지 "허허..젊은 사람들이 일반적으로 죽기 전에 후회할 것이라고 지레
짐작하는 것은 보통 이루지 못한 원대한 꿈이란다. 직업적 성공같
은 것들 말이야. 하지만 죽음을 앞둔 우리에게 가장 중요하게 여겨
지는 것은 바로 사랑하는 사람들과 함께한 우리의 추억이야. 그것
들이 삶의 진정한 가치를 알려주지. 나는 정말 많은 사람들과 관계
를 맺었고 진실로 그들을 사랑했단다. 그 밖에 후회는 남아있지 않
아."

아   이 "그럼 관계를 올바르게 유지해나가는 것이 중요한 걸까요? 생각해
보니, 사랑하는 누군가와 함께 하지 못한다는 것은 너무 슬픈 일처
럼 느껴져요. 죽기 전 후회 하지 않기 위해 좋은 관계를 맺어두어야
할 것 같아요."

할아버지 "구태여 그럴 필요는 없단다. 죽음에 대비하는 가장 좋은 방법은 그
저 매 순간을 의미 있고 행복하게 살아가는 거야. 그럼 관계는 알아
서 따라오는 것이란다. 단지 우리에게 다가오는 사람들에게 친절히
대하고, 작은 것에 감사하는 마음을 가져. 그렇게 하면 죽음이 다가
왔을 때, 우리는 후회 없이 그 순간을 맞이할 수 있어."

아   이 "그렇군요. 전 아직 죽음에 대해 생각하기는 어리지만 죽음은 저에
게 많은 교훈을 주는 것같아요."

할아버지 "그건 모두에게 그렇단다. 죽음이 생에 미치는 영향은 그만큼 절대
적이니까. 죽음은 결국 우리에게 인생이 얼마나 일시적이며 소중한
것인지를 가르쳐 줘. 우리는 죽음을 통해 현재에 충실하고, 각 순간

을 최대한 살아야 한다는 것을 깨닫게 되지. 삶의 모든 순간은 되돌릴 수 없으니까, 각 순간을 의미 있게 만드는 것이 중요해."

아　이　"항상 제 삶에 있어 중요한 의미가 무엇인지 스스로에게 물어봐야겠어요. 제 시간은 너무도 소중하니까요."

죽음을 인지하는 삶

할아버지　"하지만 삶에서 중요한 의미를 찾는 과정은 결코 쉽지 않아. 그러려면 우리는 죽는다는 사실을 항상 인지하고 있어야 해. 죽음을 인지하는 것이 삶에서 중요한 것을 지속적으로 탐색하도록 도와주거든. 죽음을 인지하며 살아간다는 것이 삶을 어떻게 바꾸는지 한번 생각해보렴."

아　이　"할아버지, 여전히 죽음이 잘 와 닿지는 않아요. 하지만 죽음을 인지한다는 건, 말씀하신 바와 같이 우리가 매 순간을 더 소중히 여기게 만드는 것 같아요. 삶이 언젠가 끝날 거라는 걸 알면, 지금 이 순간을 더 중요하게 생각할 수 밖에 없으니까요."

할아버지　"맞아. 죽음을 인지하는 것은 삶을 더 진중하게 살게 해. 우리는 죽음이 가까이 있다는 것을 알 때, 사소한 일에 휘둘리지 않고, 정말 중요한 것에 집중할 수 있지. 너는 삶에서 가장 중요한 것이 무엇이라고 생각하니?"

아　이　"저는 가족과 친구들이요. 그리고 제가 좋아하는 것들을 하면서 보

내는 시간이요. 할아버지는요? 할아버지에게 삶에서 가장 중요한
것은 무엇인가요?"

할아버지 "나에게도 가족과 친구들이 가장 중요해. 사랑과 관계 말이야. 그리
고 내가 살아온 삶을 돌아보며 배운 교훈들이지. 죽음을 인지하며
살아가는 것은, 이 모든 것들을 더욱 사랑하고 소중히 여기게 해줘.
죽음이 언젠가 찾아온다는 것을 인정한다는 건, 결국 삶을 더욱 사
랑하는 것이야."

아   이 "죽음이 찾아온다는 사실을 체감하며 살아가는 것이 때로는 두렵
고, 걱정되기도 해요. 죽음을 앞두고 두려움을 극복하는 방법이 있
을까요?"

할아버지 "죽음을 그저 자연스러운 삶의 일부로 받아들이렴. 우리는 죽음을
두려워하기보다는, 삶의 모든 순간을 의미 있게 만들고 사랑하는
사람들과 의미있는 시간을 보내며 살아야 해.."

아   이 "그 말이 마음에 와닿는 것 같아요. 저도 할아버지처럼 삶의 순간
들을 소중히 여기고, 두려움에 지배되지 않고 살고 싶어요. 할아버
지와 이야기를 나누니 죽음에 대해 더 많이 이해하게 되는 것 같아
요."

할아버지 "죽음은 우리에게 진정한 삶의 의미를 깨닫게 해. 죽음을 두려워하
지 말고, 매 순간을 최선을 다해 살아가렴. 그러면 삶은 더욱 아름
다워질 거야."

아   이 "그 말씀이 정말 위안이 돼요, 할아버지. 죽음을 인지하는 것이 삶
을 더 긍정적으로 만들 수 있다는 걸 알게 되었어요. 이제는 저도

제 삶에서 중요한 순간들을 더 소중히 여겨야겠어요. 제 친구들과 보내는 시간이나 제가 좋아하는 취미 활동 같은 것들요. 정말 삶과 죽음은 뗄레야 뗄 수 없는 관계에 있는 것 같아요."

할아버지 "그래. 삶과 죽음은 서로를 보완하는 것이니까, 죽음을 인지하며 살아가는 것은 삶을 더 깊이 이해하고 즐기는 데 도움이 돼. 죽음을 두려워하지 말고, 네가 사랑하는 것들에 집중하며 살아가렴. 그렇게 하면, 삶은 더욱 아름답고 의미 있게 느껴질 거야."

아　　이 "네, 삶과 죽음에 대해 이렇게 깊이 이야기할 수 있어서 정말 좋아요. 제가 할아버지와 함께 이야기하는 시간은 항상 저에게 큰 교훈과 영감을 줘요. 앞으로도 제 삶에서 할아버지의 지혜를 기억하며 살아갈게요."

할아버지 "너와 이야기하는 것은 나에게도 큰 기쁨이야. 네가 삶과 죽음을 깊이 이해하고, 매 순간을 소중히 여기며 살아가길 바랄게. 삶은 고통의 연속일 수 있지만, 그 안에서 찾은 기쁨과 사랑은 죽음을 넘어서도 우리와 함께할 거야."

새로운 생명을 대하는 태도

할아버지 "죽음과 삶은 서로 순환하는 성질을 갖고 있어. 죽음과 동시에 계속해서 새로운 생명이 태어나지. 삶을 살아가는 지금, 우리는 새로운 생명을 어떻게 대해야 한다고 생각하니? 죽음과 삶의 연속성을 고려할 때, 우리는 새로운 생명에 대해 어떤 태도를 가져야 할까?"

아 이   "죽음을 생각하면 새로운 생명이 더 소중하게 느껴져요. 우리가 언
         젠가는 떠난다는 걸 알게 되면, 새로 태어난 아기나 식물에 더 많은
         사랑과 관심을 주고 싶어져요. 새 생명은 죽음 이후에도 삶이 계속
         된다는 걸 보여주는 것 같아요."

할아버지   "맞아. 죽음과 함께 새로운 생명은 우리에게 삶의 연속성과 새로운
         시작을 상기시켜 줘. 새 생명을 돌보는 것은 삶의 순환을 존중하고,
         삶이 계속된다는 희망을 품게 한단다. 새 생명에 대한 너의 태도가
         중요한 이유야. 우리는 새로운 생명에게 안정과 보호를 제공해야
         해. 그리고 그런 행동에서 사랑이 꽃피워나지. 새 생명을 돌보는 것
         은 우리에게 책임감을 가르치고, 삶의 모든 단계가 중요하다는 것
         을 일깨워 줘."

아 이   "할아버지의 말씀대로라면, 새로운 생명을 사랑으로 대하는 것은
         우리 자신에게도 좋은 영향을 주는 거군요. 듣고나니 더 호기심이
         생겼어요. 새로운 생명이 사람들의 마음에 또 어떤 도움이 되는지
         알려주세요."

할아버지   "새로운 생명은 그 존재 자체로 우리에게 일종의 위안을 줘. 새 생
         명은 삶이 계속되고, 우리의 영향이 미래로 이어진다는 것을 상징
         하기 때문이야. 우리는 그들을 돌보며 삶의 소중함과 아름다움을
         다시금 깨닫게 된단다. 마치 내가 너를 보는 것처럼 말이야. 우리보
         다 젊은 사람들을 인정하고 사랑한다는 것은 우리의 자취를 후대에
         남길 수 있다는 점에서 삶의 귀중한 순간들을 더욱 의미 있게 만들

어."

아　　이　"그런 의미에서, 새로운 생명을 돌보는 것은 삶에 대한 우리의 사랑을 표현하는 방법이 될 수도 있겠네요. 새로운 생명에 대한 사랑과 관심이 확실히 우리 삶에 긍정적인 영향을 줄 것 같아요. 친구를 아껴줄 때, 우리의 마음이 넓어지는 것처럼요."

할아버지　"그렇단다. 새 생명을 사랑하고 아껴준다는 것은 삶과 사랑의 연관성을 이해하고, 타인과의 연결감을 강화시키는 거야. 그리고 그것은 우리에게 죽음에 대한 두려움을 완화시켜주지."

아　　이　"할아버지와 이야기를 나누니까 생명에 대한 생각이 많이 바뀌었어요. 이제 저도 새 생명을 돌볼 때, 삶과 죽음에 대해 더 깊이 생각하며 더 많은 사랑과 관심을 줄 거에요. 그들이 앞으로 우리의 미래를 이끌어갈 테니까요."

할아버지　"나는 항상 나보다 어린 사람들의 잠재력과 가능성을 생각해. 특히 너와 같은 아이들에게는 무한한 가능성이 있단다. 너희들이 성장하고 발달하는 과정에서, 우리는 언제나 기쁜 마음으로 지지하고 격려해야 한다고 생각해. 나는 너희들이 미래에 어떤 멋진 일을 할 수 있을지 너무도 기대가 된단다."

아　　이　"그 말씀을 듣고 보니, 새로운 생명을 돌보는 것이 정말 중요한 일이라는 걸 느껴요. 제가 새로운 생명을 돌볼 기회가 생기면, 할아버지의 말씀을 기억하면서 그들의 가능성을 믿고 사랑으로 돌볼 거예요."

할아버지　"그렇게 해, 그들과 타인을 사랑과 존중으로 돌보는 것은 또한 우리 인생에서 가장 중요한 일 중 하나야. 그것은 우리가 죽음을 앞두고 있어도, 삶의 아름다움과 가치를 계속 전달하고, 미래 세대에게 영감을 줄 수 있는 방법이지."

단, 한 번 뿐인 삶

할아버지   "우리의 삶은 단 한 번뿐이라는 사실에 대해서 어떻게 생각하니?

아   이   "삶은 단 한 번뿐이라는 점에서 매우 소중한 것 같아요. 저는 그래서 할아버지가 알려주신 것처럼 매 순간을 소중히 여기려고 해요. 우리가 살아가는 모든 순간은 되돌릴 수 없으니까요.

할아버지   "맞아. 삶은 단 한 번뿐이라는 사실을 항상 기억하며 살 길 바랄게. 후회 없이 너가 정말로 원하는 삶을 살아가렴."

아   이   "저도 후회 없이 살고 싶어요. 할아버지. 그러면 우리가 이 한 번뿐인 삶을 살아가면서 후회를 하지 않기 위해 어떻게 해야 할까요?

할아버지   "후회 없이 살아가기 위해서는 우리가 진정으로 원하는 것에 충실해야 해. 자신의 꿈과 열정을 따르고, 사랑하는 사람들과 시간을 보내며 작은 것들에서 기쁨을 찾아야 해. 그리고 매 순간 최선을 다하면서 자신의 선택에 대해 책임을 지는 것이 중요하단다."

아   이   "언제나 선택을 한다는 것은 너무 어려워요. 삶에서 중요한 결정을 내릴 때, 어떻게 해야 올바른 길을 선택할 수 있을까요?"

할아버지   "그것은 바로 네 마음이 가리키는 바와 직관을 따르는 거야. 네가 진정으로 원하는 것이 무엇인지, 네 삶에서 가장 중요하게 생각하는 것이 무엇인지 스스로에게 물어봐. 그리고 두려움이 아닌 사랑과 열정을 따라 결정을 내리면, 보통 올바른 길을 찾게 돼. 네가 선택한 길이 항상 쉽지는 않겠지만, 그 길이 너에게 진정한 만족과 행복을 가져다 줄 거야."

아   이 "네, 알겠어요. 할아버지. 앞으로 제 마음을 따라 제 삶의 결정들을 내리려고 노력할 거예요. 항상 제가 정말로 원하는 것이 무엇인지 제 마음 깊숙한 곳에 물어볼게요. 덕분에 많이 배웠어요. 감사해요."

할아버지 "너희가 자라나는 것을 보며, 나도 많이 배우고 성장했어. 이 한 번뿐인 삶에서 가장 중요한 것은 사랑과 관계 그리고 그 순간들을 충실히 살아가는 거야. 이 사실을 절대로 잊지 마렴."

아   이 "할아버지와의 대화는 저에게 항상 특별해요. 할아버지가 말씀해 주신 것들을 생각하며, 저도 제 삶을 더 의미 있게 만들려고 노력할게요. 할아버지, 이런 대화를 나눌 수 있어서 정말 감사해요. 저도 할아버지처럼 멋진 삶을 살고 싶어요."

할아버지 "네가 멋진 삶을 살 것이라고 믿어. 너는 이미 많은 것을 알고 있고, 네 삶을 아름답게 만들기 위해 필요한 모든 것을 가지고 있어. 이 한 번뿐인 삶을 의미 있게 살아가렴. 너의 삶이 너에게 큰 기쁨과 만족을 가져다 줄 거야."

아   이 "할아버지, 항상 제게 지혜와 영감을 주셔서 감사해요. 삶이 한 번뿐이라는 걸 기억하면서, 저도 할아버지처럼 삶을 가치 있게 만들고 싶어요. 오늘 대화는 정말 소중했어요."

할아버지   "네가 삶을 의미 있게 만들어 나가는 것을 보는 것은 나에게도 큰
기쁨이야. 삶의 모든 순간을 소중히 여기고, 자신의 길을 걸어가는
것을 지켜보는 것은 정말 값진 일이지. 항상 마음을 따라가고, 삶을
최선을 다해 살아가길 바라."

밤하늘이 별빛으로 가득 차 있는 밤, 조용한 별장에서 할아버지와 아이는 서
로 마주 보며 앉아 있습니다. 그들의 대화는 마치 시간을 멈춘 듯 고요하고 따
뜻했습니다. 할아버지의 지혜로운 말과 아이의 순수한 호기심이 어우러져, 삶
의 깊은 의미를 탐구하는 시간은 죽음에 대한 아이의 사고를 확장하는 시간이
되었습니다.

할아버지는 아이의 머리를 쓰다듬고, 아이는 할아버지의 말을 되새깁니다.
두 사람은 서로를 바라보며 미소 짓습니다. 그들의 대화는 끝났지만 그 안에서
얻은 교훈과 영감은, 한 번뿐인 삶이라는 깨달음을 바탕으로 살아 숨 쉬고 있
을 것입니다.

08

에필로그

여행자의 독백

08

에필로그
여행자의 독백

"추억이 담긴 고요하고 신비로운 산 정상에서 깊은 생각에 잠겼다. 저 멀리 펼쳐진 야경은 마치 삶의 다채로움을 반영하는 것 같다. 오늘 밤, 나는 한 사람과 매우 깊은 대화를 나누었는데, 그 대화가 내 생각의 지평을 확장시켰다. 우리는 서로 다른 삶을 살아왔지만, 이 순간만큼은 같은 공간에서 우리의 존재와 인생에 대해 고민했다.

인생이라는 여정은 신비롭고, 때때로 혼란스럽지만, 그 속에서 우리는 자신의 길을 찾아나간다. 나는 여행자로서 많은 길을 걸었고, 그 길 위에서 무수한 사람들을 만나며 그들의 이야기를 들었다. 각각의 이야기는 마치 삶의 다양한 색깔을 나타내는 파레트처럼 다채로워, 그 안에서 나는 인생의 진정한 의미를 발견하곤 했다. 우리 각자의 삶은 우주의 별처럼 독특하고, 그 각각의 빛나는 순간들이 우리의 인생을 아름답게 만든다.

나는 이번 여행을 통해 인생의 목적은 단순히 목표를 달성하는 것이 아니라,

그 과정에서 경험하는 모든 것이라는 걸 깨달았다. 그 여정 속에서 우리는 자신을 발견하고, 성장하며, 삶에 대한 깊은 이해를 얻게 된다. 이것이 우리 각자가 이 세상에서 펼치는 독특한 이야기이다. 우리 삶의 의미는 우리가 매 순간에 어떻게 반응하고, 어떤 결정을 내리며, 어떤 관계를 맺느냐에 달려 있다.

이 과정에서 필연적으로 인생의 고통과 어려움은 우리가 피할 수 없는 부분이다. 하지만 그 안에서 우리는 인내와 결단을 배우며, 더 중요한 통찰을 얻게 된다. 이러한 어려움들은 우리의 인생에서 필연적으로 발생한다. 하지만 우리를 더 강하고 지혜로운 사람으로 만들어주는 요소들이다. 나는 여행을 통해 만난 사람들과 그들의 이야기에서 위안을 찾고, 내 자신과 세상을 더 깊이 이해하게 되었다. 그들의 이야기는 마치 삶의 지도와 같아, 나를 새로운 방향으로 인도한다.

고통과 어려움 속에서 희망을 찾는 것은 우리 각자에게 주어진 과제다. 이러한 상황에서 긍정적인 면을 발견하고, 힘을 얻는 것은 가능하다. 이것은 우리가 인생의 어려운 순간들을 극복하는 방식이며, 이러한 경험은 우리 삶에 깊이 있는 의미를 부여한다. 나는 여행 중에 만난 다양한 사람들과의 교류를 통해 이러한 힘을 얻었고, 그들과의 관계가 내 삶에 큰 영향을 미쳤다.

또한 삶의 의미를 찾는 것은 우리 각자의 내면에서 시작된다. 우리는 모든 경험을 통해 끊임없이 진화하고 변화하는 과정 속에 있다. 우리의 태도는 이 과정을 어떻게 보고 경험할지 결정한다. 긍정적이고 열린 마음은 우리가 삶의 모든 순간에서 아름다움과 기쁨을 발견할 수 있게 해준다. 우리 삶의 모든 순간은 우리가 어떤 태도를 취하느냐에 따라 완전히 다른 모습을 보일 수 있다.

이 모든 과정은 우리가 우리 자신과 세계를 이해하는 데 중요한 역할을 한다.

우리의 태도, 우리의 선택, 우리의 행동이 우리의 삶을 만들어간다. 우리는 매 순간 최선을 다하고, 각 순간을 소중히 여기는 태도를 가져야 한다. 그렇게 함으로써, 우리는 우리 삶을 더욱 풍부하고 의미 있는 것으로 만들 수 있다. 우리 삶의 의미는 결국 우리가 만들어가는 것이며, 우리는 매 순간을 살면서 우리 삶의 이야기를 직접 써내려간다. 그리고 그 이야기는 삶의 흐름에 따라 계속해서 진화한다.

이 모든 것을 인식함과 동시에, 나는 다시 여행을 이어갈 준비를 한다. 새로운 만남과 깨달음이 나를 기다리고 있다. 이 여행은 나에게 삶의 진정한 의미를 가르쳐주고, 나를 더욱 성장하게 할 것이다. 내가 원하는 것은 단순히 목적지에 도달하는 것이 아니라, 그 길에서 얻는 깨달음과 경험에 있으며, 이것이 바로 내 삶을 풍요롭게 만드는 것이다. 이제 나는 다시 길을 나선다. 새로운 경험을 향해. 삶의, 또 다른 장을 향해."

어느날 운명이 삶에 대해 물었다

1판 1쇄 발행 2024년 2월 16일

지은이 팀 구텐베르크

편집 김해진   **마케팅·지원** 김혜지

펴낸곳 (주)하움출판사   **펴낸이** 문현광

이메일 haum1000@naver.com   **홈페이지** haum.kr

블로그 blog.naver.com/haum1007   **인스타** @haum1007

ISBN   979-11-6440-538-1(13810)